BLT

Mit der Welt
auf Buchfühlung

Alexandre Jardin wurde 1965 geboren und ist, wie einst sein Vater Pascal Jardin, als Filmemacher *(Fanfan)* und Schriftsteller gleichermaßen erfolgreich. 1986, im Alter von 21 Jahren, erhielt er für den Roman *Belle en tête* den *Prix du Premier Roman*, 1988 für den Roman *Le Zébre* den *Prix Femina*. *Der große Zubial* gilt als »Jardins mit Abstand bestes Werk bis heute« *(Le Journal de Dimanche)*.

Alexandre Jardin

DER GROSSE ZUBIAL

Liebeserklärung an einen Vater

Aus dem Französischen von
Veronika Cordes

BLT

BLT
Band 92 081

1. Auflage: August 2001

Vollständige Taschenbuchausgabe

BLT ist ein Imprint der Verlagsgruppe Lübbe

Titel der Originalausgabe: *Le Zubial*

Lizenzausgabe: Verlagsgruppe Lübbe GmbH & Co. KG,
Bergisch Gladbach
Einbandgestaltung: Gisela Kullowatz
Titelabbildung: Premium
Autorenfoto: © by Jacques Sassier
Satz: hanseatenSatz-bremen, Bremen
Druck und Verarbeitung: Elsnerdruck, Berlin
Printed in Germany
ISBN 3-404-92081-3

Sie finden uns im Internet unter
http://www.luebbe.de

MEINER MUTTER,
SEINER FRAU

DAS WAHRE LEBEN
IST NIRGENDWO.
WIR SIND NICHT AUF DER WELT.
ARTHUR RIMBAUD

An dem Tag, als mein Vater starb, hat die Wirklichkeit für mich ihren Reiz verloren. Ich war damals fünfzehn, und erst allmählich fange ich mich wieder. Er allein vermochte mir das Leben nahe zu bringen, indem er es so aufregend gestaltete wie in guten Büchern. Mit diesem Mann, den ich über alles geliebt habe, war das Dasein ein Fest. Indem er sein Leben auf das Wesentliche richtete, selbst und erst recht dann, wenn es alles andere als einfach zu sein schien, zog er mich immer wieder mit auf die Achterbahn seines turbulenten Alltags. Leben war für ihn das Synonym dafür, sich völlig zu exponieren, seine Wahrheit hinauszuschreien, ohne Rücksicht auf Verluste; niemals versagte er sich, wonach ihm der Sinn stand. Während so manche den einen oder anderen Wesenszug ihres wahren Ichs verleugnen, um sich ihrer Umgebung anzupassen, hatte er eine Heidenangst bei der Vorstellung, sich auch nur um ein Gramm seiner Natur, die so reich an Widersprüchen war, zu beschneiden. Und in seinem riesigen, mit verrückten Ideen vollgepfropften Hirn keimten und gärten weiß Gott die gegensätzlichsten Gelüste!

Seine stets maßlosen Begierden hatten die Kraft, die Wirklichkeit auf den Kopf zu stellen. Häufig ließ er, ob in einem Restaurant oder anderswo, seine Gesprächspartner völlig perplex zurück, weil die Situationen, die er heraufbeschwor, völlig im Reich der Fabel angesiedelt schienen. Mit ihm zusammen konnte alles passieren, das Schlimmste und vor allem das Schönste. Begehrte er eine verheiratete Frau? Dann kletterte er noch am selben Abend lachend die Hauswand zu ihrer Wohnung hoch, um ins Zimmer der Dame einzudringen, ohne sich Sorgen zu machen, möglicherweise mit dem Herrn Gemahl zusammenzustoßen. Diese Aussicht, die immerhin allerlei Unannehmlichkeiten verhieß, stachelte ihn vielmehr an. Wenn niemand wusste, wie man sich verhalten sollte, fühlte sich mein Vater ganz in seinem Element.

Wollte er mir den Preis für jede gelebte Minute vor Augen führen? Er hielt unvermittelt auf freiem Feld seinen Wagen an, schrieb einen Blankoscheck aus und lief zu einem Telefonhäuschen, wo er ihn zwischen den Seiten des Telefonbuchs versteckte; mit einem Lächeln auf den Lippen kam er dann zurück, fuhr wieder an und jubelte:

»Wenn jemand diesen Scheck findet, sind wir ruiniert! Heute, morgen, in einer Woche oder in fünf Jahren ... Genießen wir also jetzt das Leben!«

»Aber Papa, das können wir doch nicht tun, das geht doch nicht!«, sagte ich mit der Weisheit meiner zehn Jahre einigermaßen entgeistert.

»Irrtum, mein Liebling«, gab er zurück, »wir tun es doch.«

Und sein Lächeln beschwichtigte mich, der ich überzeugt war, dass bereits neue Gefahren lauerten. Mein Vater hatte den Fehler oder die Größe, ich weiß es nicht, sich nur auf dem gespannten Drahtseil wirklich wohl zu fühlen. Dann war er zufrieden, so sonderbar das auch sein mag und letztlich: Wie reichlich unangenehm für seine Familie! Aber was soll's! Für mich war er abwechselnd mein Clown, Hamlet, d'Artagnan, Micky und der Trapezkünstler, den ich am meisten bewunderte.

Als Kind fühlte ich mich in seinem Beisein wie befreit von allen Ängsten, die den Menschen einzwängen. Der Alltag, der ständig von seiner übersprudelnden Vitalität umgekrempelt wurde, hatte einmal etwas von den Romanen Dumas' an sich, dann wieder glich er einem Kapitel von Musset.

Zu Hause wechselten sich an manchen Abenden die vom Finanzamt entsandten Gerichtsvollzieher mit zu Besuch weilenden Filmsternchen ab, mit Ministern, die sich mit irgendwelchen heruntergekommenen Schriftstellern zu einer Pokerrunde einfanden, oder mit einem vom Krebs gezeichneten Jacques Brel, der seine letzten Worte zum Besten gab. An solchen Abenden holte mein Vater gelegentlich eine Winchester hervor und ballerte mit scharfer Munition aus dem Fenster auf die Läden des verschreckten Nachbarn, um aller Welt weiszumachen, wir befänden uns in einem richtigen Film! Dann setzte er sich wieder an den Spieltisch, verlor eine Million Francs – die er natürlich gar nicht besaß, was heißt da also verlieren? – und begab sich anderntags zu einem Filmproduzenten, um einen Vertrag für ein Projekt mit Funès in der Hauptrolle abzuschließen, zur Bereinigung seiner Schulden vom Abend zuvor. Beim Weggehen stieg er noch schnell hinauf in die obere Etage, in die Wohnung des Produzenten, um sich dort, einer plötzlichen Eingebung folgend, ein wenig mit dessen Frau zu verlustieren – seine ureigene Art, die Zinsen für das Honorar einzustreichen, in dessen Genuss er niemals kommen würde. Dann ging er mit mir in den Spielzeugladen Le Nain Bleu in der Rue Saint-Honoré, wo wir für meine Mutter einen ausgestopften veritablen Bison erstanden, ehe wir, mit einer Tüte Eis bewaffnet, einem Orgelkonzert in Notre-Dame beiwohnten. Mit ihm zusammen war nichts unmöglich, weil der Zubial war, wie er war. Dieses verkannte Genie, von einem kaum fassbaren Freiheitsdrang beseelt, umstürzlerisch bis ins Letzte, verfügte über das Talent, das Unlebbare zu leben. Das Unwahrscheinliche war für ihn gang und gäbe, das Widersprüchliche seine Domäne.

Kaum hatte er das Drehbuch für *Le chat (Die Katze)* beendet, diesen ergreifenden und großartigen Film von Granier-Deferre, der sehr viel später ein Klassiker werden sollte, machte er sich daran, an den schlüpfrigen Dialogen einer Fortsetzung von *Angélique, Marquise des Anges* (deutscher Filmtitel: *Angélique)* herumzutüfteln und Michèle Mercier ganze Passagen aus den Kriegstagebüchern von Charles de Gaulle in den Mund zu legen! Das Vermischen zweier Gattungen? Nein, nur Ausdruck seiner Ironie, seiner Gier, sich auf möglichst vielen Ebenen auszutoben, und einer Freiheit, in die er vernarrt war und die seine Zeitgenossen weitgehend außer Acht ließen. Nur wenige Männer, so mein Eindruck, haben derart mit all ihren kunterbunten Vorstellungen kokettiert, mit ihren Widersprüchen, sind das Risiko eingegangen, mit einer derartigen Unverschämtheit zu leben!

Als er dann am 30. Juli 1980 verschied, im Alter von sechsundvierzig Jahren, hatte er möglicherweise mehrere Leben hinter sich, mehr als hundert Drehbücher verfasst, sechs ausgefallene Bücher geschrieben, siebenundachtzig Autos verschlissen und Steuerschulden von mehreren Millionen hinterlassen. Na, wenn schon. Vor seinem Sterbekreuz habe ich mich jedenfalls unendlich allein gefühlt, entsetzlich allein.

Kein Lachen mehr, nicht länger die wunderbaren Lügenmärchen, die die fantasielose Wirklichkeit verklärten! Die Schüsse, die wir samstagabends aus dem Fenster abgaben! Vorbei die Ausflüge in die Bordelle, in denen ergraute, zärtliche Gunstgewerblerinnen mir eingehend von den Sorgen der Männer und den Sehnsüchten der Frauen erzählten! Ich hatte den einzigen Erwachsenen verloren, der meinem Alter entsprach, den einzigen Erwachsenen, der bereitwillig an alle meine Verrücktheiten glaubte. Das Universum schien mir mit einem Mal bevölkert mit Dummköpfen, mit Automaten, die allem so herrlich Spontanen feindselig gegenüberstanden. Der Zauberer hatte mich allein gelassen, ich war umzingelt von den Gesetzen der Vernunft, denen zu unterwerfen mir keine Wahl blieb, mit einer Erbschaft, die aus nichts anderem bestand als aus zweiundfünfzig Paar zu großen Schuhen. Mit meinen fünfzehn Jahren besaß ich noch nicht seine Statur, und meine viel zu kleinen Füße erlaubten mir noch nicht, auf seinen Spuren zu wandeln.

Seither hat sich in mir etwas verkrampft. Mein Lachen ist anders geworden, etwas von dem Schmerz, der mich nicht mehr losgelassen hat, klingt darin an. Ich habe mich mit der Wirklichkeit überworfen, mit dieser Schmierenkomödie, die mir unzumutbar erschien, seit er sie nicht länger vergoldete. Ich sollte zu Papas Sohn ohne Papa werden und ganz plötzlich meine Neigung zu allem verleugnen, was außerhalb der Norm liegt und bei den Jardins seit jeher gang und gäbe ist. Ich hatte nun Angst, mich zu exponieren, der überschwänglich glückliche Alexandre, der ich gewesen war, der Sohn von Pascal wurde gleichzeitig mit dem Leichnam seines Vaters bestattet.

Im Mai 1996 zwang mich eine Indiskretion dazu, mich auf mich selbst, auf mein Erbe zu besinnen. Zu meiner Verblüffung erfuhr ich, dass fast alle Frauen, die meinen Vater geliebt hatten, jedes Jahr in Paris an einem Gedenkgottesdienst für ihn teilnahmen. Diese seltsame Zeremonie fand jeweils an seinem Todestag statt, in der Kirche Sainte-Clotilde. Ohne Wissen ihres Ehemannes oder Liebhabers und ungeachtet früherer Eifersüchteleien trafen sie sich seit sechzehn Jahren heimlich, um ihm zu danken, dass es ihn gegeben hatte, oder zumindest um das Zwiegespräch fortzusetzen, das sie mit diesem wunderbaren Menschen zu dessen Lebzeiten geführt hatten. Ich war wie vor den Kopf geschlagen. Wer war dieser Mann, dem es gelang, sechzehn Jahre nach seinem Verlöschen die Frauen zusammenzurufen, die er gekannt hatte? Was für ein Liebhaber war er gewesen? Was hatte er mit ihnen angestellt oder geredet? Und warum so geheimnisvoll? Warum blieben diese Frauen ganz unter sich? Gab es demnach eine Form von Liebe, die das Herz nachhaltig beeinflusste? Eine Liebe, die tatsächlich stärker war als der Tod?

Am folgenden 30. Juli begab ich mich mit leisem Unbehagen in die Kirche Sainte-Clotilde. Als ich das Portal aufstieß, hörte ich die verhaltene Stimme eines Priesters, der seinen Namen aussprach: Pascal Jardin ... Weglaufen konnte ich nicht mehr, deshalb trat ich, im Schutze der Säulen, zögernd näher, und dann sah ich seine Geliebten, die sich um meine Mutter scharten: an die dreißig Frauen, deren Namen ich verschweigen möchte. Berühmte Namen darunter, immer noch oder von früher her; auch mir völlig Fremde hatten sich eingefunden, wie ich erstaunt feststellte. Neben der Orgel über mir stimmte eine Chorsängerin das *Stabat Mater* von Pergolesi an. Unwillkürlich, ohne recht zu wissen, warum, stiegen mir die Tränen in die Augen, rannen mir über die Wangen wie damals als Fünfzehnjährigem in dieser Kirche. Nicht meine Augen waren es, die da feucht wurden, sondern die des halbwüchsigen Jungen, der ich gewesen war. Das war nicht ich, der da schluchzte, sondern er, dieser Sohn Pascals, der sich bei dessen Tod unendlich allein vorgekommen war, so entsetzlich allein. Zum Herzzerreißen. Und dem es ja auch das Herz zerrissen hatte.

Nach und nach nahm ich mit dem verschwommenen Blick, den ich auf die Szene warf, wahr, dass auch sie weinten, diese Frauen, nicht alle, aber die meisten. Weshalb nur? War der Grund der Kummer, den er ihnen beschert hatte? War es Bestürzung, von diesem Mann, der ihnen einen Blick auf die wahre Farbe der Liebe und des Lebens gewährt hatte, verlassen worden zu sein? Oder bildete ich mir das nur ein? Aber schließlich waren sie doch da, mit ihrem Seelenschmerz, der ihre Taschentücher tränkte. Und plötzlich kamen sie mir vor wie abgeschnittene, nicht wieder anzupflanzende Blumen, diese Frauen, die er seinerzeit zu Skizzen reduziert hatte, die er vollenden wollte, wobei er sie, häufig genug, zu Grunde richtete.

Als mein Tränenstrom versiegt war, musterte ich sie, eine nach der anderen, versuchte die Spuren zu entdecken, die er bei jeder von ihnen hinterlassen haben mochte. Um zu verhindern, dass man mich entdeckte, blieb ich hinten, verborgen von einer Säule. Meine Physiognomie gibt überdeutlich meine Abstammung preis; selbst mein Blick verrät, wessen Sohn ich bin. Die Frauen schienen untereinander keinerlei Gemeinsamkeiten aufzuweisen. Da gab es stattliche Frauen, verträumte Frauen, verhärmte Frauen, strahlend schöne Frauen, Provinzlerinnen, alles andere als gut aussehende Frauen, ein ganzes Volk von Frauen, das Zeugnis von den verschiedenartigen Gesichtern meines Vaters ablegte. Einzig meine Mutter in der Mitte schien sie zusammenzuhalten.

Dann ereignete sich etwas, das für mein weiteres Leben bestimmend sein sollte. Die Chorsängerin neben der großen Orgel über mir ließ ihre Partitur auf die Fliesen des Kirchenschiffs fallen, und zwar so geräuschvoll, dass sich fast alle Köpfe in meine Richtung umwandten. Ein Raunen erhob sich unter den versammelten Geliebten. Ich wurde entdeckt, durch diesen Zwischenfall erkannt. Ich tauschte einen kurzen Blick mit meiner Mutter. Maßlose Bestürzung breitete sich aus. Es war mein Vater, den sie in mir erblickten. Von einem Schwindel erfasst, fand ich nicht den Mut, mich zu entschuldigen oder eine Erklärung abzugeben; ich zog mich zurück, immer weiter, bis ich mich außerhalb der Basilika befand. Dort, auf den Pflastersteinen, war mir auf einmal, als zirkuliere sein Blut in meinen Adern, ich spürte, dass ich auf erschreckende Weise er war, jedenfalls mehr als ich jemals zu sein akzeptiert hatte. Sechzehn Jahre der Flucht waren unvermittelt zu Ende.

Ja, ich war sehr wohl der Sohn dieses Mannes, den meine Brüder und ich den *Zubial* nannten. Diesen Namen trug er als Vater wie andere einen Künstlernamen. Ausgedacht hatte ihn sich Emmanuel, mein älterer Bruder, und wir anderen hatten ihn übernommen. Spitznamen sind bei den Jardins gang und gäbe, das ist ein Stammestick; wir haben stets darauf bestanden, jedem

Familienmitglied einen auf ihn gemünzten Namen zu verpassen.

Auf diesen Pflastersteinen, auf die die Sonne brannte, habe ich mich auch mit einem Mal berufen gefühlt, über den Zubial zu schreiben und nicht länger mit diesem Buch zu warten, mit dem ich mich seit meinem fünfzehnten Lebensjahr auf dem Baum meines Kummers beschäftige, dieses Buch, das ich im Geiste begonnen habe, als sein Körper langsam erkaltete, vielleicht um ihn zurückzuhalten, dieses Buch, das mit der Erkenntnis einherging, dass schreiben für mich ein Ausgleich für seine Abwesenheit sein würde, dieses Buch, das ich zunächst nicht zu veröffentlichen wagte, weil Zubial schon so viel über sich und seinen eigenen Vater geschrieben hatte, dieses Buch über einen hoffnungslos verrückten, lebenslustigen Mann, einen der umwerfendsten Liebhaber dieses Jahrhunderts, über diesen Wahnsinnstypen, der durch alle meine Romane geistert. Ich hob es mir auf wie einen mir noch bevorstehenden Genuss, einen schmerzhaften und wunderbaren zugleich, ahnte ich doch, dass diese Schilderung seines so überbordenden Lebens nicht ein Aufzeichnen von Erinnerungen sein würde, sondern ein Buch der Wiederbegegnung. Das ist kein unwesentlicher, sondern ein großer Unterschied, der mich, da ich diese Zeilen abfasse, zusehends mit Leben erfüllt. Und sollte ich beim Schreiben in Tränen ausbrechen, werden es Tränen der Freude sein. Mein Vater ist tot, es lebe der Zubial!

Ich bin zehn Jahre alt; ich esse am Katzentisch zu Abend, bei Bekannten meiner Eltern, als man dort, wo die Erwachsenen sitzen, auf eine Bemerkung meines Vaters hin entsetzt den Atem anhält. Wir Kinder spitzen die Ohren. Und ich höre, wie der Zubial seinem Gastgeber – einem Filmproduzenten – erklärt, dass er sich langweile und gezwungen sehe aufzubrechen, so ungehörig das auch sein möge.

Der bestürzte Hausherr quetscht sich ein gezwungenes Lächeln ab, das sein Gesicht zerfurcht, will an einen Scherz glauben, rafft sich zu einer witzigen Bemerkung auf, um die Lacher auf seine Seite zu bringen. Höflich bedenken ihn die Gäste mit dem Anflug eines Schmunzelns. Mein Vater entschuldigt sich, bittet die Runde, sein ungebührliches Benehmen keineswegs als Provokation anzusehen, und gesteht schließlich, dass es ihm peinlich ist, ja, dass er sich schämt, diese Runde trostloser Heuchler mit seiner Anwesenheit zu beehren.

»Heuchler?«, fragt die Hausherrin gekränkt.

»Ja.«

Den Kindern an meinem Tisch entgeht nichts von dem, was sich jetzt abspielt. Zum ersten Mal erleben sie, dass ein Erwachsener die Wahrheit sagt, seine ganz persönliche Meinung.

Die Erregung der Gäste nutzend, setzt der Zubial zu einer verworrenen Rekonstruktion des Abends an; er schildert, was er unter dem Deckmäntelchen ausgetauschter Höflichkeitsfloskeln und honigsüßer Schmeicheleien wahrgenommen und herausgehört hat. Alles wird aufgedeckt! Die schwelende Begierde der Hausherrin für einen zweifelhaften jungen Winkeladvokaten, der sich mit so wenig Einsatz verteidigt, dass man nicht gern sein Mandant sein möchte; das neurotische Verhältnis des Hausherrn zu seiner heimtückischen *maman*, die viel sagenden Seitenblicke eines Filmagenten auf meine Mutter und schließlich die finanziellen Interessen, die diese Runde beherrschen, in der sich jeder die Kompetenzen der anderen zunutze macht.

Dieses schreckliche Spiel der Wahrheit dauert eine Viertelstunde, fünfzehn schwindelerregende Minuten, an deren Ende jeder nackter als nackt dasteht, völlig auseinander genommen. Und ich sehe, wie meine Mutter, auch sie entgeistert, bemüht ist, diesen Halbirren, der Schleier wegreißt wie einen alten Teppich, rigoros und vollmundig wie die von ihm verehrten Marx Brothers, zum Schweigen zu bringen.

Dieser phänomenale Augenblick ist mir haften geblieben als eine heroische Tat, zu der er sich spontan hat hinreißen lassen. Plötzlich habe ich meinen Vater als modernen Helden gesehen, als einen Ritter, der gegen die Drachen der Verlogenheit ankämpft, der jämmerlichen Heuchelei. Denn sein Redeschwall war frei von Hass, ohne jedes Gift, geprägt von unverfälschter Fröhlichkeit. Woran er sich ergötzte, war lediglich die Aufdeckung, das Zutagefördern dieser Wahrheiten, die uns dadurch, dass wir uns vor ihnen drücken, unsere Bestimmung vergessen lassen. Und er brachte das ganz locker vor, mit ausgesuchter Höflichkeit und mit strahlendem Gesicht, freute er sich doch, die Gäste zu ermuntern, sich aktiv an dieser unvergesslichen Szene zu beteiligen. Auf seine unverschämte und charmante Art forderte er sie auf, für diesen Abend auf dem Ozean ihrer Widersprüche zu treiben, keiner Strömung auszuweichen, sich den Wind ins Gesicht wehen zu lassen und, warum nicht, auch eheliche Wirbelstürme. Was für ein Fest! Die begeisterte Kinderschar entdeckte mit Staunen die Welt der Erwachsenen, die unversehens von diesem merkwürdigen Lehrmeister der Menschlichkeit beleuchtet wurde.

Als alles vorbei war, als die Ehepaare vor der Entscheidung standen, eine Neuauflage ihrer Hochzeitsreise ins Auge zu fassen oder sich unverzüglich zu trennen, als er alle Taschen seiner Zuhörer und den doppelten Boden des Koffers eines jeden geleert hatte, gab der Zubial mir und meinem jüngeren Bruder das Zeichen zum Aufbruch. Auch unserer Mutter stellte er anheim, sich anzuschließen. Sie reichte ihm stattdessen die Hand, die er galant küsste, und wir schwirrten ab, obwohl das Essen noch in vollem Gange war.

An jenem Abend musste ich zwar auf den Nachtisch verzichten, aber offen gestanden war das ganz so, wie ich leben wollte, so frei, so unbeschwert. Ich spürte, dass ich den Mut hatte, das Leben des Seiltänzers, das mich erwartete, zu lieben, dass ich bereit war, mich auf ein typisches Jardin-Schicksal einzulassen.

Dennoch lehnte sich, als man fünf Jahre später den Zubial zu Grabe trug, alles in mir auf. Ich bekam es mit der Angst zu tun, so als befürchtete ich auf einmal, dass seine Lebensweise unweigerlich tödlich wäre. Ich hatte das grässliche Gefühl, er sei nicht an einem hundsgewöhnlichen Krebs gestorben, sondern weil er sich selbst so unbeirrt treu geblieben war, und das brachte mich zur Verzweiflung. Wie also sollte man leben? Wenn es herausragenden Menschen bestimmt war, in jungen Jahren abzutreten – durch welche Tür musste man dann gehen, um am Leben zu bleiben? Warum werden nur die lebendigen Toten alt? Woher stammt dieses furchtbare Gesetz, das uns vor diese Alternative stellt, die mich in Aufruhr versetzte?

Siebzehn Jahre nach seinen sechsundvierzig verfolgen mich diese Fragen noch immer. Werde ich mich eines Tages davon befreien? Kann man sich jemals den Fragen aus der Kindheit entziehen? Diejenigen, die er meinem Verstand eingeflößt hat und vielleicht auch meinen Genen, lassen mich weiterhin befürchten, zu sehr ich selbst zu sein oder nicht genug ...

Der Zubial schlug bereits in sehr jungen Jahren über die Stränge, denn er war von Anfang an darauf versessen, sich den Zwängen des Alltags nicht unterzuordnen. Mit fünfzehn unternahm er alles, um als Zwanzigjähriger durchzugehen. Da er rechtzeitig damit angefangen hatte, verstand er es, sie fortdauern zu lassen, seine zwanzig Jahre, bis zum Tode. Sein Rezept war ganz einfach: sich niemals von seinen eigenen Ängsten beherrschen zu lassen, niemals! Stets sprengte er seine Sorgen, seine Verzagtheit in die Luft.

Mit fünfzehn sprang der Zubial mit Schwung in das Bett von Clara, einer Freundin seines Vaters und Erbin mehrerer Ölraffinerien in Le Havre. Diese extravagante Episode hat mir als Anregung für meinen ersten Roman gedient, nur dass ich die Tatsachen heruntergespielt habe, um nicht als unglaubwürdig dazustehen bei meiner Schilderung, wie bunt es der junge Pascal in dieser Geschichte trieb.

Um ihre skandalträchtige Liaison zu feiern, ließ sich mein Vater 1949 von Clara eine Replik des Petit Trianon bauen, die auch heute noch am Ufer des Genfer Sees steht. In diesem Palast in der Schweiz, dessen Holztäfelung er damals mindestens im Stile Ludwigs XV. in leuchtendem Orange ausmalen ließ, führte er ein hochherrschaftliches Leben, trug maßgeschneiderte und mit Gummifaden genähte Hausjacken, Lackschuhe aus Krokodilleder und Hemden von Hilditch, die er sich im Dutzend schicken ließ. Darüber hinaus gab er prunkvolle Klosetts in Auftrag, für die ausladende Alabastervasen aus dem 18. Jahrhundert entsprechend umgearbeitet wurden. Leidenschaftlicher Tischler, der er war, fertigte er eigenhändig die Klobrillen aus Mahagoni und Sandelholz.

Übergroße goldene Ringe prangten an seinen Händen, besetzt mit riesigen Saphiren oder protzigen Brillanten – Geschenken seiner Geliebten –, und um seiner Umgebung zu verdeutlichen, dass er zu seiner Rolle des überaus potenten Gigolos stand, gab er große Essen, zu denen er die Mächtigen dieser Erde einlud sowie ... Jean Jardin, seinen eigenen Vater! Minister aller Hautfarben, die Industriellenelite Europas eilten herbei, um diesem absonderlichen Paar, der Schönen und ihrem Spielzeug, ihre Aufwartung zu machen. Auch mein Großvater fuhr hin, widerwillig, notgedrungen, aus geschäftlichen Gründen, und wieder fort, gleichermaßen beschämt und entrüstet über seinen zügellosen Sprössling. Der Zubial seinerseits jauchzte! Stolz führte er seine Mätresse und Wegbereiterin vor und seine alle Dimensionen sprengende elektrische Eisenbahn.

In diesem unwahrscheinlichen Trianon, das da mitten im 20. Jahrhundert entstanden war, gab es nämlich damals mehr als hundert Meter winzige Eisenbahnschienen, um die sich ein Heer von Kammerdienern kümmerte, die dafür bezahlt wurden, an diesem Zeitvertreib des Zubial mitzuwirken. Auch Edgar Faure spielte hingebungsvoll mit dieser Eisenbahn, rauchte dabei die Zigarren des Gatten der Hausherrin, der klug genug war, diesen extravaganten Liebhaber im Taschenformat zu dulden, war ihm dieser Miniaturrivale doch immer noch lieber als ein Erwachsener, der ihm seine Frau hätte entführen können.

Wie kam es, dass das exaltierte Verhalten des Zubial niemals oder höchst selten verdammt wurde oder Befremden hervorrief? Hätte sich ein anderer geleistet, was er sich leistete, wäre das als hirnrissig bewertet worden; ihm sah man es nach. Die Frauen fanden ihn charmant, er begeisterte die ausgemachtesten Spießer, entzückte die Sexprotze und die verschämt errötenden jungen Mädchen, so als ob seine Freiheit jeden über den Kummer hinweggetröstet hätte, sich selbst an die Leine zu legen. Die Verklemmten freuten sich, dass es da jemanden gab, der auf so vielen Hochzeiten gleichzeitig tanzte. Meine Klassenkameraden, die am Wochenende bei uns zu Hause herumtobten, sahen in ihm eine Figur aus einem Comic-Heft jenseits jeglicher Normalität – derart wenig Ähnlichkeit wies er mit ihren Eltern auf! Seine Freunde lachten über seine Eskapaden und waren froh, nicht mit hineingezogen zu werden. Ich glaube, man sah in ihm einen ständig von irgendeiner aufregenden Odyssee zurückkehrenden Abenteurer, eine Art Trapper aus Saint-Germain-des-Prés.

Der Zubial verfügte über die Gabe, nicht nur seine Freiheit auszuleben, sondern auch die, welche die anderen sich nicht herauszunehmen wagten und sich stattdessen Zurückhaltung auferlegten. Sein fanatischer Exhibitionismus kam mehr durch Großzügigkeit zum Ausdruck als durch Nabelschau; er zahlte für alles und teuer dazu – für seine Gefühlsausbrüche, die ständigen Zusammenstöße mit den Behörden, der Presse und allen Zensoren unserer klein karierten Welt. Immer schien er den anderen zu sagen: Ich bin ein freier Mensch, seht meine Flügel, aber seht auch die Verzweiflung, die mir bei allem Übermut das Herz zerreißt, und passt auf, wie sie verbrennen, meine Flügel, sobald ich mich der Sonne nähere. Wenn er nicht so gelitten hätte, hätte man ihm das sehr wohl verübelt.

Da er den Anstand besaß, jung zu sterben, sagten sich die Bedächtigen, dass sie gut daran getan hatten, seine Eskapaden nicht nachzuahmen. Die Ehemänner seiner zahllosen Geliebten zeigten sich zunächst ungemein erleichtert; im Laufe der Jahre jedoch stellten die düpierten Hahnreie zu ihrem Entsetzen fest, dass es noch schwerer war, gegen ein Phantom anzukämpfen: Der Zubial geisterte nach wie vor unter ihren Ehefrauen herum, gewährte ihnen weiterhin ein Stelldichein mit dem Leben, derweil sie, nach zehn Jahren Liebesfreuden mit dem anderen, Himmel und Hölle in Bewegung setzten, damit ihre Ehe nicht in die Brüche ging. Großen Persönlichkeiten ist eigen, dass sie niemals wirklich sterben; sie werden ständig wiedergeboren, immer wieder zum Leben erweckt durch die unvergänglichen Fragen, die sie aufwerfen.

Mit meinen zweiunddreißig Jahren erforsche ich weiterhin mein Inneres, auf der Suche nach dem Zubial in mir. Auch ich habe geliebt, leidenschaftlich. Nur dass ich, anders als er, der so viele Frauen beglückte, versucht habe, ein Ehemann nach allen Regeln der Kunst zu sein, um ihm auf meine Weise zu entsprechen. Ich habe fünf Romane veröffentlicht, die in dreiundzwanzig Sprachen übersetzt wurden, zwei Filme gedreht, davon einen völlig verrückten, der auf kein Verständnis stieß und mich völlig geschafft hat, und ich fühle mich ausgelaugt, nicht imstande, ohne ihn weiterzumachen, außerhalb seines Blickfeldes.

Dennoch habe ich mir sehnlichst gewünscht, seinen Vornamen auszulöschen. Heute, da mir dies fast gelungen ist, stimmt mich das mit einem Mal traurig, ja erschreckt mich sogar. Die noch nicht Vierzigjährigen halten mich für DEN Jardin, jedenfalls glaubt das mein jüngerer Bruder Frédéric; dabei weiß ich doch, dass er es ist, dieser verdammte Zubial, der seine Vorstellung vom Leben mit seinem Blut bezahlt hat, während ich mich damit begnüge, mich in meinen bescheidenen Erfolgen zu sonnen, ohne groß aufzutrumpfen, ohne mich auf ein Risiko einzulassen. Und wenn es an der Zeit wäre, mich gegen meine Ängste aufzulehnen? An mein jardinsches Blut zu appellieren? Ob ich wohl eines Tages den Mut dazu aufbringe, oder werde ich

Schriftsteller bleiben oder – schlimmer noch – Regisseur? Er war weit mehr als das. Seine zubialeske Existenz war sein Meisterwerk.

Verdelot. Dieses Zauberwort ist der Name von Zubials Haus, des Schauplatzes seiner Verrücktheiten. Immer wieder behauptete er, diesen Priorensitz aus dem 15. Jahrhundert meiner Mutter geschenkt zu haben; sogar eine Fernsehcrew ließ er aufmarschieren, um das laut und deutlich kundzutun. Und das, obwohl Kaufvertrag und Scheck von einem seiner Rivalen unterzeichnet wurden!

Damals, Anfang der siebziger Jahre, hatte der Zubial es sich nicht nehmen lassen, meine Mutter, eine der schönsten Frauen unter Europas Himmel, mit einem Schwarm von Verehrern zu umgeben, die ihrer jenseits aller Vernunft angesiedelten Liebesgeschichte zusätzliche Würze geben sollten. Diese überaus gefährlichen Liebschaften, die er, nachdem er sie entfacht hatte, zu steuern versuchte, sollten außerdem die Eigenschaft besitzen, ihn in tiefste Verzweiflung zu stürzen, was in seine Prosa einfließen zu lassen er für nötig erachtete; jedenfalls gab er das vor.

Der tatsächliche Käufer von Verdelot hatte geglaubt, einen entscheidenden Stich im Liebesduell gegen den Zubial zu landen, als er meiner Mutter dieses Haus schenkte. Nur dass er sich dabei um ein Haar das Genick gebrochen hätte: In seinem Liebeswahn hatte der

Unvorsichtige nämlich in aller Stille ein paar Millionen von den Schweizer Bankkonten einer berühmten französischen Filmschauspielerin abgezapft, die diesen Scherz nicht unbedingt nach ihrem Geschmack fand. Ein Killerkommando wurde auf ihn angesetzt, dem er nur mit Müh und Not entkam. Danach ließ er sich auf zwielichtige Machenschaften mit der Marseiller Unterwelt ein. Zu dieser Zeit entfachte die Schönheit meiner Mutter Kriege. Der wahrhaft Schuldige indes war der Zubial, der mit seinem exzessiven Naturell beim Werben um die Gunst einer Frau ein derart flammendes Inferno heraufbeschwor.

In Verdelot jedenfalls liebte mein Vater meine Mutter auf seine riskante Weise, ohne Netz. Zu keiner Zeit bildete er sich ein, diese fantastische Frau, die mir das Leben geschenkt hat, zu besitzen, bildlich gesprochen wohlgemerkt. Von ihrer Ausstrahlung kann man sich in etwa einen Begriff machen, wenn man an Romy Schneider denkt, verkörpert diese Schauspielerin im Film doch die meisten Rollen, zu denen meine Mutter Filmemacher, die sie anschmachteten, inspiriert hat.

Als Krönung seiner Liebe lud der Zubial also in dieses Haus zwei oder drei Liebhaber meiner Mutter ein – die dann jeweils das Wochenende mit ihm verbrachten! Zum Ausgleich erschien er häufig in Begleitung eines dieser Geschöpfe, das seinen Verführungskünsten erlegen war. Was er damit bezweckte, war schlicht und einfach, aus seinen Konkurrenten Ehemänner zu machen, um für alle Zeiten der Liebhaber meiner Mutter zu bleiben. Sich eine solche Dramaturgie von Beziehungen untereinander auszudenken, ist eine Sache, sie zu leben eine andere; immerhin ließ er auf diese Weise niemals davon ab, seine Frau ständig aufs Neue zu erobern.

Man kann sich denken, dass meine Klassenkameraden ihre Schwierigkeiten hatten, sich zurechtzufinden! Zumal die nicht weniger verunsicherten Gäste nur selten ein unbescholtenes Leben führten. Dennoch war die Atmosphäre in Verdelot frei von Frivolität, weil diese ausgelassenen und unwahrscheinlich lustigen Leute sich bestens verstanden. Unter der Leitung des Zubial lebte dieses sonderbare Völkchen in erster Linie für das Vergnügen.

Das durch die Anwesenheit meines Vaters geprägte Klima auf diesem ehemaligen Priorensitz von Seine-et-Marne gab Raum für Extravaganzen. In dem Sommer, als ich zwölf war, haben wir dort eine junge Giraffe gesund gepflegt; damals war der Zubial gerade in ein Mädchen aus der Zirkusfamilie Bouglione vernarrt.

Noch immer erinnere ich mich voller Freude an den Tag, als Marguerite, die junge Giraffe, bei uns eintraf. Der Zoo hatte sie uns anvertraut, damit wir sie unter dem Himmel von Brie aufpäppelten. Ich glaubte an eine Sinnestäuschung, als ich vom Fenster aus ihren eigenartigen Kopf bemerkte; sie befand sich im Garten und knabberte mit gesenktem Hals an den Blättern des wilden Weins herum, der sich bis zur Küche hochrankte. Natürlich hatte uns der Zubial kein Sterbenswörtchen verraten. Lionel, einer seiner Freunde, hatte Marguerite als Erster entdeckt; da ich aber wusste, wie sehr er auf mexikanische Champignons abfuhr – *unter Einfluss steht*, sagte mein Vater –, glaubte ich ihm zunächst nicht. Fälschlicherweise. Marguerite befand sich sehr wohl da unten, bereit, unserem sowieso schon surrealistischen Universum zusätzlichen Charme zu verleihen. Für ihr leibliches Wohl ließen wir uns alle möglichen Mixturen einfallen. Der Zubial verstieg sich sogar dazu, ihr als Zugabe Muttermilch zu verabreichen, was einer seiner Freundinnen Qualen bereitete. Nicht dass Marguerite sie getrunken hätte! Sie fraß sie, denn der Zubial verwendete diese Milch zur Zubereitung ... von *Frauenkäse*, einem, wie er erklärte, hervorragenden Nahrungsmittel für Giraffen.

Einspruch meiner Mutter gab es allerdings, als zu einem späteren Zeitpunkt mein Vater mit der Aufzucht von Straußen liebäugelte, die er zu gegebener Zeit sonntags für seine Besorgungen vor den Sulky zu spannen gedachte. Die Vorstellung, dieses riesige Federvieh anzuschirren, fand er umwerfend. Keine Gelegenheit ließ er aus, sich selbst zu verblüffen.

Samstagabends zog er sich zum Tanzen um, das heißt, er legte ein eigenartiges Kostüm an, das aus einem Hemd aus selbstgegerbtem Katzenfell bestand sowie aus einer weiten Turnhose, die eher wie ein kurzes Röckchen wirkte; dazu trug er Stiefel. Derart herausgeputzt, schaltete er den Fernseher ein, und wenn dann auf ORTF Claude François erschien, fing er wie ein Teufel an herumzuhampeln und vor der versteinerten Zuschauerschaft den Blondschopf mit seinem manierierten Gehabe nachzuahmen. Dreißig Sekunden später tanzten alle vor dem Fernseher! Die Gäste, meine Mutter, ihre Verehrer, die nach Luft japsende Haushälterin, irgendwelche Mätressen, die sich hierher verirrt hatten, und die Kinder sowieso! Im Takt! Ausgelassenheit breitete sich innerhalb der Hausgemeinschaft aus, und wir sangen aus vollem Halse; wenn sich mein Vater dann bis zur Erschöpfung ausgetobt hatte, setzte er sich auf den ausgeschalteten Fernseher und las uns ein paar Kapitel von Pagnol vor, wobei er den Originaltext ein wenig abänderte, sobald die Aufmerksamkeit der Kleinen nachließ.

Zehn Jahre später bin ich dahintergekommen, dass *La Gloire de mon père (Der Ruhm meines Vaters)* keine einzige Westernszene enthält und dass von Fleisch fressenden Pflanzen, ähnlich unersättlich wie die Kraken von Jules Verne, nirgendwo in diesem Buch die Rede ist. An anderen Abenden las er uns aus Chateaubriands *Mémoires d'outre-tombe (Erinnerungen von jenseits des Grabes)* vor, derweil wir Kinder ihm hingebungsvoll die Füße massierten.

In Verdelot konnte sich alles oder fast alles ereignen.

Eine Zeit lang machte sich der Zubial einen Spaß daraus, mich und meine Freunde zu wecken, und dann trieben wir mitten in der Nacht per Telefon unsere Späßchen. Am köstlichsten fand er es, mit Grabesstimme den damaligen Innenminister – den er persönlich kannte – um zwei Uhr morgens in seiner Wohnung aus dem Schlaf zu reißen und unserem frevlerischen Treiben mit folgenden rätselhaften Worten Ausdruck zu verleihen:

»Dies ist ein Anschlag der Autonomen von Seine-et-Marne!«

Und wir legten auf. Bis wir eines Nachts am anderen Ende der Leitung die heisere Stimme des verärgerten Politikers vernahmen:

»Lass mich in Ruhe, Pascal!«

Der Zubial legte schleunigst auf und erklärte uns, dass die strafrechtliche Verfolgung durch die Ordnungshüter schrecklich sein würde und wir uns darauf einstellen müssten.

»Weshalb?«, wollte ein Freund von acht Jahren wissen, der nicht gewohnt war, sich gegen die Regierung aufzulehnen.

»Um Widerstand zu leisten!«

Ohne Zeit zu verlieren, verbarrikadierten wir das Haus. Fensterläden dicht machen! Die Kissen aus dem Salon wurden zu Sandsäcken umfunktioniert, die Kommode am Eingang diente uns zum Verrammeln der Tür, und als alle Vorkehrungen für die Belagerung getroffen waren, gingen wir daran, die Lebensmittelvorräte aufzulisten, die wir besaßen, um durchzuhalten, würden wir doch, dem Zubial zufolge, schon sehr bald vom Angreifer umzingelt sein. Zwischendurch verleibten wir uns ein paar Brote mit Entenpastete nach Art des Hauses ein. Die Thermosflaschen wurden mit heißer Schokolade gefüllt. Beunruhigt, wenngleich neugierig beobachteten meine Freunde diesen überaus geschäftigen Herrn im Morgenrock, der, wie man ihnen gesagt hatte, ein bekannter Schriftsteller war. Ihre Bedenken schlugen jedoch in regelrechte Panik um, als mein Vater die Winchesters lud, um nach alter Sitte durch das Fenster unseren Forderungen Ausdruck zu verleihen.

Die Schüsse weckten meine Mutter, die, völlig fassungslos, ihr Haus zum Fort Chabrol umgestaltet zu sehen, die Gewehre kassierte, uns schleunigst zu Bett schickte und dem Zubial einschärfte, diese Narreteien abzustellen. Einer meiner Freunde erstattete mit leuchtenden Augen seinen Eltern Bericht von dieser Nacht; er durfte mich nie wieder in Verdelot besuchen.

Immer wieder habe ich mich gefragt, warum er geradezu versessen darauf war, sich derart herrliche Spielchen auszudenken. Wollte er es etwa mit dem Buffalo Bill, wie wir ihn uns vorstellten, aufnehmen? Vielleicht wusste er nicht, wie man sich als Vater verhält, er, der zeitlebens Sohn blieb; immerhin hat er zweifellos sein Bestes gegeben. Darüber hinaus glaube ich, dass er um jeden Preis leben wollte, dass er im Grunde Angst davor hatte, sich in einen lähmenden Alltag einpferchen zu lassen. Deshalb lehnte er sich auf und beschwor ohne Unterlass die unmöglichsten Situationen herauf, weil er wohl befürchtete, eines Tages zu sterben, ohne sich ausreichend verwirklicht zu haben. Oder aber er hat so gehandelt, um mich auf den Geschmack für das Fiktive zu bringen, in der Hoffnung, aus mir einen Schriftsteller zu machen ...

Was wirklich in seinem Herzen vorging, bleibt mir weiterhin ein Rätsel; wohl deshalb bin auch ich mir hin und wieder selbst eines.

Mein Junge, siehst du die große Zange? Die braucht man, um Bolzen zu kappen. Und wir werden damit ein Gerät bauen, mit dem wir all diesen Nervensägen die Eier abschneiden! Den Klugscheißern, den Steuerbeamten, eifersüchtigen Ehemännern ...«

»Schon gut, Papa ...«

In Verdelot bestand unsere Lieblingsbeschäftigung darin, in seiner Werkstatt Objekte von fragwürdigem Nutzen zu fertigen. Unter unseren Händen entstanden surrealistische mit einer Kurbel betriebene Maschinen, die Beifall klatschten, überdimensionale Fliegenfallen, Stelzen mit Sprungfedern, kostenaufwendige mechanische Gebisse zum Vorkauen der Nahrung, kunstvolle Apparaturen, dafür bestimmt, die Liebe der Frauen zu erringen – worauf es ihm vor allem ankam.

In seiner Werkstatt war es auch, wo er mir das Gefühl vermittelte, dass wir, die Jardins, für die Liebe geboren sind. Während er seiner Fantasie entsprungene Vögel aus Balsaholz behobelte und aneinander klebte, erklärte er mir stolz, dass im Gegensatz zu manchen Familien, denen es bestimmt sein mochte, die Republik mit Heerscharen von Polytechnikern zu bevölkern oder mit Bäckern, es uns, den Jardins, gegeben sei, Liebhaber zu werden. Darüber zu streiten sei völlig überflüssig, und wenn ich eines Tages, zwangsläufig, einem Broterwerb nachgehen müsste, so bitte er mich, welchen Beruf auch immer nicht zu verbissen auszuüben. Ich lauschte, während ich nagelte und schraubte und schmirgelte.

»Und wenn ich Präsident werde?«, fragte ich eines Tages. »Ein Jardin könnte doch Präsident der Republik werden? Das ... das würde mir durchaus gefallen.«

Er legte seine Säge zur Seite, dachte kurz nach und antwortete dann ungemein ernst:

»Doch, möglich ist das schon ... nur wann?«

»Wieso wann?«

»Wann möchtest du ein großer Präsident werden?«

Diese Frage kam für mich überraschend; ich war neun und wusste nicht recht, was ich antworten sollte. Aber sein Verhalten bestätigte mir, dass das Vorhaben durchführbar war, hatte er doch lediglich mit einem »Wann?« nachgehakt.

Jetzt erst wird mir bewusst, wie wundervoll er reagiert hat. Der Zubial gestand mir alles zu, vorausgesetzt, meine Wünsche waren maßlos. Ein normaler Vater hätte bei einer solchen Frage zweifellos höhnisch gelacht; ihm dagegen hatte nur der Zeitpunkt Sorgen gemacht. Der Zubial glaubte an die Kraft der Wünsche, sofern sie den Rahmen sprengten. War das naiv von ihm? Gewiss doch, aber ich sehe darin auch eine Weisheit, Achtung vor dem, was bei einem kleinen Jungen und im Menschen vielleicht das Kostbarste ist: die Illusionen. Noch siebzehn Jahre später sind mir die seinen, die so überschäumend waren und so alles verklärend, unvergessen.

Papa, warum bist du von mir gegangen? Warum hast du mich in dieser Welt zurückgelassen, in der ausgefallene Wünsche meist spöttisch belächelt werden? Er ging als einziger auf meine Fantastereien ein, er allein spornte mich an, über mich selbst hinauszuwachsen. Dieser Beigeschmack des Unendlichen und des unendlich Komischen ist mir geblieben wie eine schreckliche Sehnsucht.

Schnell! Schnell!«, ruft der Zubial und klatscht mehrere Male in die Hände.

Ich, der ich eben am Einschlafen bin, fahre im Bett hoch und frage, was los ist. Papa sagt, er habe vor, mit mir und meinem englischen Brieffreund unverzüglich ins Paradis Latin zu fahren, ein Kabarett, das das Paris der siebziger Jahre verzückt. In Windeseile ziehen wir Hosen und Pullover über unsere Schlafanzüge; der Engländer schlüpft in seine Collegejacke, auf der ein Wappen aufgestickt ist, das mich schwer beeindruckt.

Eine halbe Stunde später hasten wir im Schlepptau des Zubial in diesen Tempel nächtlicher Ausgelassenheit, ohne Wissen meiner Mutter, die der sommerlichen Hitze in der Stadt entflohen ist. Ich bin dreizehn, wirke wie elf; mein Vater hat beschlossen, mir an diesem Abend die Welt in ihrer ganzen wilden Schönheit zu erschließen. Und eine Überraschung hat er auch noch auf Lager.

Man weist uns einen Tisch zu, wenige Meter von der Bühne entfernt, auf der äußerst spärlich bekleidete Frauen in einem Käfig von einem Dompteur wie Löwinnen präsentiert werden. Die Peitsche knallt! Die Geschöpfe knurren und kuscheln sich behaglich zusammen.

»Siehst du die in der Mitte? Die Hübscheste, die, die so laut brüllt.«

»Ja, Papa.«

»Das ist Manon. Ich bin verrückt nach ihr, und sie liebt mich!«, fügt er lächelnd hinzu. »Ich wollte, dass du sie kennen lernst ...«

Schockiert, aber beherrscht mustert der Engländer im Schlafanzug mit weit aufgerissenen Augen die jüngste Eroberung meines Vaters, deren Bewegungen in keinem Anstandsbuch abgebildet sind. Ich dagegen denke mit leisem Bangen an meine Mutter, wie jedes Mal, wenn ich mitbekomme, dass er sich in eine andere verguckt hat; aber ich sage nichts. Und dann, ganz unvermittelt, fängt der Zubial an, mit mir zu reden, so leise, wie er das nur selten tut:

»Gestern Abend, mein Junge, um Mitternacht, stand ich auf einem dunklen Parkplatz, und die Angst packte mich ... vor allem, vor nichts, vor der Dunkelheit. Und das war der Moment, in dem ich beschlossen habe, mich nie wieder zu fürchten, nie wieder, wie Manon! Es ist Blödsinn, sich mit einer solchen Schwäche abzufinden. Sieh nur, diese Leute auf der Bühne da, die haben keine Angst ... schau doch, wie frei sie sind. Manon, die ist frei!«

An diesem Abend waren er und ich vielleicht die einzigen Zuschauer, denen sich bei der Zurschaustellung dieser nackten Frauen in ihren Käfigen der Begriff von Freiheit aufdrängte. Ich sah mit seinen Augen; ich machte mir seine Gefühle zu eigen, ich wurde nach und nach er, das heißt ich. Dann, von einem Trommelwirbel begleitet, senkten sich, an Seilen befestigt, großmächtige, von als Frauen kostümierten Männern gesteuerte Flugzeuge aus Pappmaché von der Decke, um sich über unseren gereckten Köpfen eine imaginäre und von künstlichen Explosionen begleitete Luftschlacht zu liefern. Die absurdesten und komischsten Szenen lösten einander ab, entwickelten sich weiter und prallten aufeinander – und plötzlich bemerkte ich, dass Papa verschwunden war! Klammheimlich hatte er unseren Tisch verlassen. Wir waren allein, mein Brieffreund und ich, uns selbst überlassen in einem Pariser Kabarett, zu einer Stunde, in der alle kleinen Jungen schlafen.

Und jetzt geschah das Unvorstellbare: Wir sahen den Zubial auf der Bühne auftauchen, mit einer blonden Perücke und mitten unter den Tänzerinnen der Revue im Takt das Bein schwingend. Sein Blick ließ Manon, die die Truppe anführte, nicht los. Zu jener Zeit befand sich mein Vater auf dem Höhepunkt seines kurzlebigen literarischen Ruhms, und niemand unter den Zuschauern hätte sich wohl vorstellen können, dass sich unter diesen jungen Mädchen der letzte Preisträger des Grand Prix du roman der Académie française befand. Zweifellos wollte er mir beweisen, dass keine Angst der Welt ihn jemals wieder vor etwas zurückschrecken lassen würde, dass jede Schüchternheit angesichts seiner übergroßen Lust, mit dem Leben zu spielen, unangebracht war. Völlig entgeistert von dem Anblick, beugte sich mein englischer Brieffreund zu mir und raunte mir mit leichtem Inselakzent zu:

»In London werden wir nichts darüber verlauten lassen ...«

Aber was wir gesehen hatten, war noch gar nichts. Beim Aufbruch zerrte uns Papa in die Künstlergarderobe, und wir lernten die Frau kennen, die seit einigen Wochen seine Träume belagerte und gelegentlich auch sein Bett. Manon, das hinreißende wilde Tier, Feindin jeglicher Zurückhaltung, besaß dieses unwiderstehliche Etwas, dessentwegen man sie einfach lieben oder zumindest leidenschaftlich begehren musste. Sie küsste mich, wobei sie ein paar Pailletten auf meinem Gesicht zurückließ und Sterne vor meinen Augen. Ihr wohlgeformter Körper versprach wie auch immer gearteten Taumel, ihre geschmeidige Anmut machte sie zu einer wahrhaften Prinzessin, die sich in dieses Universum der Illusionen verirrt hatte. So wie sie war, in ihrem Bühnenkostüm aus Straußenfedern und ohne sich abzuschminken, stieg sie mit uns ins Auto.

»Wohin fahren wir?«, fragte ich.

»Das überlassen wir dem Zufall!«, gab Papa zurück.

Zwei Stunden später hielten wir Einzug im Kasino von Deauville. Die Erregung, die der Auftritt von Manon mit ihren Pailletten und den wippenden bunten Federn auslöste, führte dazu, dass die Frage nach meinem Alter und dem meines Brieffreundes nebensächlich erschien. Der Zubial tauschte eine ansehnliche, was sage ich, wahnwitzige Summe Geld, strich die Jetons ein und begab sich schnurstracks an den Roulettetisch, wo er sie alle auf eine Zahl setzte.

Lange kreiste die Kugel.

Zwanzig Jahre später taucht wieder das Bild vor meinen Augen auf, wie ich gespannt dieses kleine runde Ding verfolge, das uns bald anzeigen wird, dass wir ruiniert sind, einmal mehr. Wie hypnotisiert vom Kreisen der Kugel sah ich damals meinen Vater mit denselben Augen wie heute, mit dieser eifersüchtigen Bewunderung, in die sich Entsetzen mischte, denn sein Verhalten, wie ich gestehen muss, quälte und empörte mich. Gleichzeitig fand ich ihn hinreißend, so unbeschwert jung, so voller Lebenslust, dass er mir als der wunderbarste Vater erschien. In diesem Augenblick, der dem zu erwartenden Drama vorausging, war er derart er selbst, dass ich mich bei seinem Anblick wieder erkannte. Das war ich, ein erträumtes Ich, am Arm dieser Frau, die so beschwingt war wie die Musik ihres närrischen Paradieses, nur dass dieses Ich von dreiundvierzig Jahren, das mit angehaltenem Atem auf das Roulette starrte, um so vieles besser war als ich, dass es zum Verzweifeln war.

Und dann die Katastrophe. Die Kugel ist ausgerollt. Alle haben sich vorgebeugt und uns angegafft. Manon hat einen tierischen Schrei ausgestoßen, einen Schrei, wie ihn sonst nur Sportler von sich geben, wenn sie einen Weltrekord gebrochen haben, einen dieser Schreie, die in die Annalen der Geschichte eingehen, die die Zeiten überdauern und Legenden nicht verstummen lassen, einen Schrei, der zum Ausdruck brachte, dass die Dummen gegen die Bank immer Recht behalten.

Wir hatten gewonnen.

Der Zubial lächelte, nicht etwa weil er ein Vermögen einsacken konnte, das er, wie er wusste, im Handumdrehen wieder verlieren würde, weil im Überfluss zu leben nicht seine Sache war; nein, er lächelte, weil die Götter ihn dafür belohnt hatten, dass er so war, wie er zu sein versuchte. Strahlend zog er mich an sich und sagte unendlich sanft:

»Siehst du ...«

Diese beiden Worte sind mir unvergesslich. Wenn er verloren hätte, was er eigentlich hätte tun müssen, hätte ich mir sagen können, dass der Zubial einen Fehler gemacht hatte, jawohl, dass es falsch gewesen war, so viel aufs Spiel zu setzen; aber diesmal war das Schicksal darauf erpicht, mich davon zu überzeugen, dass es durchaus vernünftig war, unvernünftig zu sein. Dem Zubial war es gelungen, mir zu beweisen, dass in seinen Spuren zu wandeln eine Lösung war, ein heilsames Mittel gegen die Hindernisse des Lebens.

Der Vollständigkeit halber sei noch erwähnt, dass wir, nachdem Papa seinen Gewinn eingestrichen hatte, stehenden Fußes das Kasino verließen, am Arm von Manon, deren Federn jetzt die des Pfaus zu sein schienen, der in Gestalt des Zubial die Halle durchquerte. Hinter uns trottete mein englischer Brieffreund, noch immer mit versteinertem Gesicht. Durch seinen Aufenthalt bei den Jardins dürfte er sich eine höchst merkwürdige Vorstellung von Frankreich bewahrt haben ...

Es hat mich hin und wieder rasend gemacht, sein Sohn zu sein und dieser Familie anzugehören, deren ausgefallener Lebensstil so vielen ihrer Sprösslinge teuer zu stehen kommt. Bei den Jardins zu sich selbst zu finden, ist sehr aufreibend. Was wir sind, genügt nicht, niemals. Leben bedeutet, einer Bestimmung zu folgen; lieben ist für uns ein Synonym dafür, sich in schwindelerregende amouröse Abenteuer zu stürzen. Das Normale ist für uns grauenvoll, das Ausufernde unser Maßstab, und unsere Unvernunft Eitelkeit. Sterben verbindet sich mit der schrecklichen Vorstellung von Selbstmord, einer leidvollen Krebserkrankung oder dem Ertrinken im Meer. Ein Jardin stirbt nicht in seinem Bett, während er eine Tasse Tee schlürft; sein Tod hat bewegend zu sein oder in nicht zu überbietender Weise grotesk oder soll ein Zeichen setzen.

Bei uns ist die Wirklichkeit nur Rohstoff der Fantasie. Die Jardins, die nicht schreiben, betrachten sich als nicht praktizierende Schriftsteller, was sie ja im allgemeinen auch sind. Wir sind nur dann mit uns zufrieden, wenn die Geschichte unseres Lebens es wert ist, aufgeschrieben zu werden. In unseren Adern fließt Tinte; das treibt uns an, ist aber auch unsere tragische Dummheit, wenn nicht unser Elend.

Wie viele blutige Misserfolge hat ein Pascal, ein strahlender Komet, hinnehmen müssen? Wie viele haben sich erhängt aus lauter Verzweiflung, kein Leben außerhalb der Normen geführt zu haben? Wie viele haben gelitten, weil sie nicht den Mut aufbrachten, einfach sie selbst zu sein? Der Zubial war, neben dem *Nain Jaune*, meinem Großvater, die Ursache für diese Unregelmäßigkeit unseres inneren Kompasses. Alle wollten wir diesen außergewöhnlichen Männern nacheifern, verachtet und verehrt werden wie sie. Bei mir war es so, dass ich mich zeitweise nur deshalb mit Frauen eingelassen habe, um vor meinem Vater – obwohl er schon tot war – zu bestehen.

So kam es, dass ich im Alter von siebzehn Jahren ebenfalls in das Bett einer wunderschönen, sehr verheirateten und ungemein betörenden Dame gesprungen bin. Ohne die Verwegenheit des Zubial wäre es, schüchtern, wie ich im Grunde war, beim Träumen von Umarmungen geblieben, hätte ich niemals die Fassade ihres Chalets im schweizerischen Crans-sur-Sierre erklommen. Übrigens konnte ich mich bei dieser Gelegenheit selbst davon überzeugen, wie sehr es Frauen offenbar schätzen, wenn man durch das Fenster in ihr Schlafzimmer eindringt ... Ihr Ehemann, ein Genfer Bankier, glänzte durch Abwesenheit, was meinem närrischen Treiben einige Monate lang zugute kam. Sie hieß Laura, die des Zubial Clara; lautlich kaum ein Unterschied. Zu behaupten, ich sei ganz ich selbst gewesen, als ich sie beglückte, wäre gelogen. An jenem ersten Abend liebte ich sie zum Gedenken an meinen Vater.

Als ich mir dreizehn Jahre später in der Nähe von Genf, unweit des Hauses, in dem mein Onkel Simon wohnte, ganz allein ein wenig die Füße vertrat, landete ich zufällig wieder vor Lauras Anwesen. Ich musste an den Zubial denken. Was er wohl aus diesem Wink des Schicksals gemacht hätte? Keine Frage: Ein Rückzieher wäre für ihn undenkbar gewesen. Ich dagegen war mit meiner Frau, die ich liebe, und meinen beiden ältesten Kindern hier auf Urlaub. Diese Konstellation sprach gegen einen weiteren Drahtseilakt. Außerdem erwartete uns der Bruder des Zubial eine Dreiviertelstunde später zum Essen. Dennoch war die Stimme des Blutes stärker als alles andere.

Ich ging also auf das Anwesen zu, ohne genau zu wissen, welches Haus das von Laura war. Ich wusste, dass auch ihre Schwiegereltern hier lebten, denen ich allerdings niemals vorgestellt worden war. Wohnte sie überhaupt noch hier? War sie verreist, zum Einkaufen weggefahren? Kam ihr Mann mittags heim?

Auf dem Hof war niemand, nur eine betagte Schweizer Katze döste vor sich hin. Ich habe eines der Häuser betreten, gebetet, es möge das Richtige sein, und prompt habe ich Lauras Stimme gehört, vielmehr ihr Lachen, dieses helle Lachen, das mich unversehens in unsere verklärte Vergangenheit zurückversetzte. Sie schäkerte im ersten Stock mit einem Kind. Ich bin die Treppe hochgestiegen und ein paar Schritte weitergegangen, einen dunklen Flur entlang, wie ein Einbrecher, der nicht ertappt werden will. Ich war nicht mehr ganz und gar ich, ein bisschen Zubial, schrecklich verunsichert. Eine Tür öffnete sich; Laura stand vor mir, dreizehn Jahre später, mit einem Kind auf dem Arm.

Das Wiedersehen ließ uns beide erstarren. Ihr Gesicht, einst so glatt, war zerfurcht, fahl, verwüstet von ich weiß nicht welch folgenschwerer Katastrophe. Einzig die blitzblauen Augen verrieten die Laura von damals. Ihr struppiges Haar schien beträchtlich an Fülle eingebüßt zu haben. War es überhaupt noch ihr eigenes? Zu Tode erschrocken, bin ich einen Schritt zurückgewichen. Laura ihrerseits starrte mich derart verblüfft an, dass man ihr die Fragen vom Gesicht ablesen konnte. Was hatte ihr einstmaliger Liebhaber auf ihrem Flur zu suchen? War das wirklich ich? Sie vertraute das Kind einem drallen deutschen Kindermädchen an, und wir begaben uns, noch gelähmt vom Schock über das unerwartete Wiedersehen, nach unten ins Wohnzimmer.

Laura kam sofort auf ihr Krebsleiden zu sprechen, das ihr weniger zu schaffen machte als die grausamen Behandlungen, denen man sie unterzog. Und dann war mit einem Mal alles anders. Erschüttert bis in die tiefsten Tiefen meiner Seele, schlug mein Entsetzen in Mitleid um, und ich verhielt mich ihr gegenüber so, als wenn ihre Schönheit nie verblasst wäre, ich drückte ihre Hand, sagte ihr Schmeicheleien, zwang mich, den noch immer verliebten Gockel zu spielen, und gestand ihr unumwunden, wie viel mir unsere Beziehung bedeutete. Innerhalb einer Viertelstunde war alles gesagt, meine Dankbarkeit zum Ausdruck gebracht, der Nachhall eines Glücksgefühls, das sie meinem Geist und meinem Körper aufgeprägt hätte. Als ich ging, küsste ich sie sogar wie früher mit aller Inbrunst aufs Ohr.

Fünf Minuten später setzte ich mich bei meinem Onkel zu Tisch, mit meiner Frau, meinen Kindern, ein paar Schweizer Cousins und Freunden. Als das Hühnchen aufgetragen wurde, blieb ich stumm, noch erfüllt von der unwirklichen Begegnung kurz zuvor, die mich überrumpelt hatte. Was hatte ich ihnen schon zu erzählen? Nichts. Das, was sich am Vormittag im Zeitraum von einer Dreiviertelstunde abgespielt hatte, war zu zubialesk, um offen darüber zu sprechen und glaubwürdig zu sein. In dem Augenblick, da wir daran gingen, diesen Flattermann und dazu ein Kartoffelgericht mit Steinpilzen und Trüffeln zu verspeisen – wer hätte mich da wirklich verstanden? Meinem Vater, ja, dem hätte ich mich gern anvertraut, ihm, für den der Umgang mit dem Unwahrscheinlichen derart selbstverständlich gewesen war.

An jenem Tag, fünfzehn Jahre nach seinem letzten Lächeln, erschien mir die Tatsache, dass er nicht mehr unter uns weilte, so unerträglich wie jedes Mal, wenn ich mich zu sehr als Jardin fühlte, um es allein zu sein. Aber es gab auch Zwischenfälle, bei denen mich dieses

Fehlen noch mehr schmerzte; leider war das der Fall, als ich miterlebte, wie mein Bruder Emmanuel versuchte, ein neuer Zubial zu werden, und zwar auf die allerschrecklichste Weise.

Eine unselige Fügung des Schicksals wollte es, dass Emmanuel sich die übelsten Verhaltensweisen unseres Vaters aneignete. Ich sage die übelsten, weil die Voraussetzung dafür gewesen wäre, dass die Natur ihn gleichzeitig mit der ungewöhnlichen Veranlagung des Zubial ausgestattet hätte. Die reizvollen Schwächen, die Papa so bezaubernd umzusetzen verstand, sollten, für sich genommen, für meinen Bruder, dessen Charme ganz woanders angesiedelt war, tödlich sein.

Dem Schatten unseres Vaters nachzueifern, der umso größer wurde, je weiter er sich von uns entfernte, kam einem russischen Roulette gleich. Mit seiner überschäumenden Lebenslust hatte der Zubial seinen Kindern fälschlicherweise den Eindruck vermittelt, dass seine Spielereien ungefährlich wären. Mein Bruder hatte sich geweigert anzuerkennen, dass Drahtseilartistik eine Kunst ist, die nur Menschen mit einem ehernen Rückgrat vorbehalten bleibt, und dass alle anderen zwangsläufig abstürzen müssen. Sein Versuch, sich in dieser Kunst zu üben, endete tragisch. Ich bin noch immer erschüttert darüber, und gelegentlich erschreckt mich der Gedanke, dass auch ich der Sohn dieses Mannes bin, der uns Abgründe als wohligen Kitzel vermittelte.

Drei Wochen nach dem Tod des Zubial verfiel mein geliebter Bruder auf die Idee, die letzte Liebe unseres Vaters zu betören und sich ausgiebig mit ihr zu verlustieren. Die teuflische Verführung des Sohnes ging genau so vonstatten, wie sie der Zubial inszeniert hätte. Die junge Frau, vor Kummer außer sich, ging auf sein Werben ein, entbrannte in Leidenschaft, verständlicherweise. Nun glaubte mein Bruder, der Rolle, die er sich angemaßt hatte, weiterhin gerecht werden zu können. Er zog bei der Dame ein, wurde ein imaginärer Monsieur Jardin, war, wie mein jüngerer Bruder Frédéric und ich entsetzt feststellten, nicht mehr er selbst. Trotz unseres jugendlichen Alters spürten wir, dass der Pfad, den der älteste von uns da einschlug, zu unwegsam für ihn war. Für wen wäre er das nicht gewesen? Die Nachfolge der Liebschaften seines Vaters anzutreten, ist schon an sich eine der Gesundheit nicht zuträgliche Sache. Nur hier war es offenkundig so, dass mein Bruder sich in ein Kapitel eines Buchs einschleuste, das er nicht selbst geschrieben hatte; er sollte darin nichts weiter als eine Figur verkörpern, eine Rolle, die verzweifelt einen Autor suchte.

Im Nachhinein scheint mir sein ganzes Leben so verlaufen zu sein; sobald sich ein Abgrund auftat, schickte sich mein Kamikaze-Bruder an, ihn auf keinen Fall zu meiden. So entschloss er sich auch eines Tages, eine Frau zu heiraten – eine durchaus reizende, wie ich zugeben muss –, kaum dass er ihr eine Woche zuvor in Athen zum ersten Mal die Hand gedrückt hatte. Die

Hochzeit wurde zunächst verschoben und zu einem improvisierten, eigenartigen Verlobungsball umgewandelt, und nachdem sie dann doch stattgefunden hatte, ging die Ehe ebenso rasch, wie sie geschlossen worden war, wieder in die Brüche.

Mein Bruder hatte vergessen, dass, wenn unser Vater in einer Klemme steckte, für gewöhnlich er der Urheber dafür war und auch der Dramaturg. Dass er als engagierter Schriftsteller, der er war, dafür Sorge trug, die Auswirkungen im Griff zu haben, seine eigenen Abstürze und Nöte, zu denen er immerhin stand, abzufangen. Zwei Mal habe ich miterlebt, dass er sich von einer Frau trennte, um sich in die Stimmung zu versetzen, die er brauchte, um ein Kapitel zu beenden, und Tränen zu vergießen, die er als aufrichtig empfand.

Emmanuel wollte einen Weg beschreiten, ohne sich um die Voraussetzungen zu scheren, die dazu nötig waren und ihn berechtigt hätten, seinem großen Vorbild nachzueifern. Immer wieder wurde ich Zeuge, wie er Alltägliches mit unheilvoller Schwärmerei verbrämte und sich dabei unaufhörlich von seiner eigenen und unbestrittenen Einzigartigkeit entfernte. Was für ein prachtvoller Mensch! Dennoch weigerte er sich mit jeder Faser seines Herzens, er selbst zu sein, so als ob das nicht genug gewesen wäre. Und ich verstand ihn so gut ... Hätte er sich etwas weniger darauf versteift, wie unser Vater zu sein, wäre er zweifellos eine der erstaunlichsten Persönlichkeiten unseres merkwürdigen Stammes geworden; und wer weiß, vielleicht der poetischste von uns praktizierenden oder nicht praktizierenden Schriftstellern.

Sein umtriebiges Gebaren fand an dem Morgen ein Ende, an dem er, weil er es leid war, er selbst oder es nicht genug zu sein, sich einen Gewehrlauf in den Mund schob. Sein brillantes Gehirn verbrannte. Die Detonation wird immer in mir nachhallen. An diesem Tag war ich drauf und dran, auf das Grab des Zubial zu spucken. Als ich, der ich mich auf einer Pazifikinsel aufhielt, im Lande der Kanaken, die Nachricht erhielt, habe ich mich geschämt, ein Jardin zu sein. Was ist eine Familie wert, deren romanhafte und von grenzenlosen Träumereien durchzogene Vorstellungen einen ihrer Söhne umbringt, indem sie ihn in den Wahnsinn treibt?

Auch andere sind gestorben, weil dieses fluchbeladene Blut in ihnen fließt; die Schreckensliste war damit nicht beendet. Wenn alle Clans ihr gerüttelt Maß Tragik aufzuweisen haben, so ist unserem lediglich eigen, dass unsere Toten uns große Fragen hinterlassen. Emmanuels Selbstmord geht einher mit der, die mich unaufhörlich verfolgt: Habe ich mich verrannt oder zu mir gefunden, als ich vom Weg des Zubial abwich?

Habe ich mich denn von ihm entfernt?

Ich bin zwölf und zu Gast bei einer reizenden Familie, in der Abgeschiedenheit einer englischen Landschaft, unter den Kuppeln des im Kolonialstil erbauten Schlosses von Sezincote in Gloucestershire. Alles hier erinnert an ein märchenhaftes Indien, an ein erloschenes England, an dem Lady Peak, die Gattin des Lords gleichen Namens, dennoch festhält. Man bringt mir die Grundbegriffe der abgehobenen Ausdrucksweise bei, derer sich diese Experten für indische Teesorten befleißigen, diese Liebhaber von Ausfahrten per Kutsche, die auch lateinisch plaudern, abends, beim schmackhaften Mahl im Kreise der im Smoking erschienenen Familie. Im Schein birmanischer Kerzenleuchter spricht man von den Vereinigten Staaten wie von einer alten Kolonie, von New York und Singapur wie von blühenden englischen Handelsniederlassungen.

Nach dem um fünf Uhr servierten Imbiss weiht mich mein Brieffreund in einem viktorianischen Gewächshaus mit einem Rasen weich wie ein Teppich in die Feinheiten des Krocketspiels ein. Algernon, der Kammerdiener, redet mich mit Monsieur an und geht so weit, mir gegenüber seinem Inseljargon einen Akzent aufzupfropfen, den er für französisch hält. Sonntags nimmt uns der Vater im Bentley zu aufregenden Fuchsjagden mit. Die Mutter wacht darüber, dass ich genug schlafe, verpflastert hingebungsvoll meine Schrammen und stopft mich mit Kuchen voll. Die Tochter badet nackt im Schwimmbecken, um mir die Augen zu verdrehen und die Sinne zu betören. Der Großvater, ein eher eigenartiger Kauz, lässt mich in Ruhe. Alles steht zum Besten im schönen England.

Und dann kam mir eine Idee.

Da ich wusste, dass der Zubial für heftige Gefühlsausbrüche etwas übrig hatte, beschloss ich, mir ihm zuliebe etwas entsprechend Ausgefallenes und ganz in seinem Sinn Gepfeffertes auszudenken. Seinem Hang zum Übertreiben Rechnung zu tragen war mir ein Herzensbedürfnis.

Ich setzte mich also hin und schrieb zwei Briefe, einen an meine Mutter, einen an meinen Vater. In letzterem verglich ich meinen Aufenthalt mit einer langen Haftstrafe in einem verrufenen Elendsquartier, bei einer Familie von Junkies, die mir ständig reines Heroin spritzten, wozu sie mich an eine Heizung anketteten. Mein Füller brachte mehr Kokain ins Spiel als sich Glukose in den Zuckerdosen von Lord Peak befand; der Vater wurde von Zeit zu Zeit, im Verlauf von ausschweifenden Gelagen, seinen Gästen gegenüber gewalttätig, die lüsterne Mutter frönte den schändlichsten Lastern, und Algernon, der *butler,* mutierte zu einem widerwärtigen Schieber, der vom Schwarzhandel mit Organen ausgehungerter Liverpooler Kinder lebte.

Ohne mit der Wimper zu zucken, bezichtigte ich die, die mir meine Ferien so angenehm machten, in Bausch und Bogen übler Machenschaften. Mein Text schloss mit einem Hilferuf von höchster Dringlichkeit.

Der Brief an meine Mutter dagegen enthielt Schilderungen von erlesenen Picknicks, von rührenden Aufmerksamkeitsbezeugungen seitens Lady Peak und wie nett die Schwester meines Brieffreunds sei und was Gloucestershire an Schönheiten zu bieten habe. Am Ende des Schreibens wies ich meine Mutter vorsorglich darauf hin, dass die für meinen Vater bestimmte Nachricht ganz anderer Natur sei, bat sie aber, den Zubial ein paar Tage schmoren zu lassen, damit er seine Gefühle so richtig auskosten könne, und ihm erst dann reinen Wein einzuschenken. Ein Zeitraum von etwa einer Woche väterlicher Besorgnis erschien mir ausreichend.

Drei Tage später hielt ein Londoner Taxi vor dem großen Portal von Schloss Sezincote; ein zerzauster Zubial stieg aus, blieb im Regen stehen und betrachtete verblüfft die indischen Kuppeln des peakschen Anwesens, das so gar nicht den Beschreibungen in meinem Brief entsprach, nach dessen Lektüre er kurz entschlossen das nächste Flugzeug genommen und anschließend per Taxi halb England durchquert hatte. Meine Mutter war gar nicht dazugekommen, ihn davon abzuhalten. Ich hatte die Fürsorglichkeit meines Vaters unterschätzt.

Scones mampfend, habe ich ihn von einem Fenster aus beobachtet. Wie schön er mir erschien, wie jung, wie verstört. Schon stürzte Algernon herbei, um ihn unter einem Schirm in die große Eingangshalle zu geleiten. Für mich war das einer dieser wundervollen Augenblicke, in denen Glückseligkeit jedes andere Gefühl verdrängt. Vor Freude sind mir die Tränen in die Augen geschossen, und mit dem Ruf *Ich habe gelogen! Ich habe gelogen!*, der wie ein Siegesgeheul klang, bin ich ihm entgegengerannt. Der Zubial hat mich umarmt und gelächelt, hat sich gefreut, dass ich es fertig gebracht hatte, eine derartige Szene zwischen uns heraufzubeschwören. Möglich, dass ich mich niemals stärker als sein Sohn gefühlt habe als an jenem Tag. Vorhaltungen machte er mir keine; er erkannte sich in mir wieder und zog mich fest an sich.

Auch heute noch steigen mir bei der Erinnerung an diese Episode die Tränen in die Augen; sie lässt mich wieder seine Zärtlichkeit spüren, die Gefühle, die ich bei unserer Umarmung in der Halle von Sezincote empfand. Hatte der Zubial meinem Brief Glauben geschenkt? Ich meine eher, er hatte geahnt, dass meine Lügen mir immer als Verschleierung meiner Aufrichtigkeit dienen würden; und die Wahrheit in jenem Sommer bestand für mich darin, dass mein Glück in England nur unvollständig sein konnte, solange er nicht da war. Der Zubial fehlte bereits dem kleinen Jungen, der ich war. Er fehlt mir weiterhin ...

Das Verhalten meines Vaters war weitgehend unberechenbar. In Paris hatte er die Flure seiner Wohnung verschmälern lassen, damit die Gerichtsvollzieher vom Finanzamt ihm seine Möbel nicht hinausschleppen konnten. In Verdelot zog er im Winter ein Dutzend dünne Pullover übereinander, weil er, wie er behauptete, in den Memoiren von Talleyrand gelesen habe, dass das Geheimnis von Wärme auf dem Übereinander mehrerer dünner Wollschichten beruhe. Wenn er sich ankleidete, dauerte das eine Ewigkeit, und fast immer folgte darauf jenes eigenartige Ritual, dass er sich unter Zuhilfenahme langer Pipetten, die von einem befreundeten Glaskünstler nach Maß für ihn angefertigt worden waren, die Nasennebenhöhlen durchspülte, eine Prozedur, die gut und gern zehn gluckernde Minuten in Anspruch nahm und in höchstem Maße die Neugier unserer Zugehfrau erregte.

Weiterhin verfügte der Zubial über jede Menge Zubehör für Klistiere, seinen Worten nach ein unerlässlicher und wichtiger Bestandteil zeitgemäßer Hygiene. Sobald in Verdelot ein Gast Anzeichen von schlechter Verdauung oder einer Grippe erkennen ließ, wurde ihm unerbittlich ein Kräutereinlauf verpasst. Seine persönlichen Arzneibehälter waren bis zum Rand mit Heilpflanzen gefüllt. Verweigerte sich der Kandidat, wurde der Zubial wütend, schimpfte den Widerspenstigen einen Ignoranten, und dann konnte es vorkommen, dass er sich selbst ein Klistier setzte, aus Lindenblüten, um sich zu beruhigen. Auch ich habe einen Teil meiner Kindheit mit heißem Wasser im Bauch verbracht. Je mehr er die liebte, die ihm nahe standen, desto größer sein Bestreben, ihnen auf seine Weise Pflege angedeihen zu lassen.

Was allerdings über jegliches Verständnis hinausging, war sein Verhältnis zur Medizin, die ständige Beschäftigung damit, denn selbst wenn es ihm prächtig ging, sah sich der Zubial als Kranker auf Urlaub. Seine Fieberkurve hing demonstrativ in seinem Arbeitszimmer an der Wand, wie im Krankenhaus, und meist schrieb er im Stehen, mit einem vom Bademantel verdeckten Thermometer im Hintern. Zu jeder Tages- und Nachtzeit war er somit in der Lage, Rechenschaft über sein aktuelles Befinden abzulegen. Mehr als einmal habe ich erlebt, dass er sich leichtfertigerweise hingesetzt und mit den Arschbacken das Quecksilberröhrchen zerquetscht hat!

Meine nachdrücklichste Erinnerung, was seine gespannten Beziehungen zu Medizinern betrifft, bleibt Madame Wang. Der Zubial hielt seinen Ärzten alles andere als die Treue; sobald einer von ihnen sich erkühnte, ihn für gesund zu erklären, betrachtete er dieses Subjekt mit Argwohn. Entschlossen, jung zu sterben, ließ er keine Gelegenheit verstreichen zu erklären, er fühle sich hundeelend. Einzig Madame Wang verstand es, sich seiner nicht vorhandenen Krankheiten anzunehmen und sich auf das Schwanken seines ausgezeichneten Gesundheitszustandes einzulassen. Einmal hatte er sich auch heftig für einen Bulgaren erwärmt, der unter Einsatz von Elektrizität seine Behandlungen durchführte, wozu er am After seiner Patienten einen Apparat anschloss, der, wie Papa sagte, *uns Zeus durch den Arsch jagte.* Nachdem jedoch der Nain Jaune, mein Großvater, diese Prozedur mit Grausen hatte über sich ergehen lassen, war innerhalb der Familie nicht länger die Rede von dieser Behandlungsmethode.

Madame Wang, in der Akupunktur wohl bewandert, hatte das Vertrauen des Zubial gewonnen, als sie ihm eines Tages gestand, dass sie früher Monsieur Wang war und, zu einer Geschlechtsumwandlung entschlossen, selbst Hand an sich gelegt hatte, unter örtlicher Betäubung: Die Nadeln hatten an den entscheidenden Stellen eine Dämpfung der Sensibilität bewirkt. Ob dies nun den Tatsachen entsprach oder nicht und obwohl es unmöglich war, den Gesichtsausdruck von Madame Wang so zu deuten, dass jeder Zweifel ausgeschlossen war, fand er ihre Geschichte köstlich. In der Sprechstunde trug sie immer einen ovalen konkaven Spiegel vor dem Gesicht, mit zwei Löchern für die Augen und darüber eine Lampe wie ein Höhlenforscher.

Madame Wangs Spezialität war die Akupunktur von Öffnungen, das heißt, sie setzte ihre Nadeln in die Nase, den Mund und die Ohren. In Ausnahmefällen musste auch schon mal der Anus herhalten. Wenn ich krank war, schleppte mich mein Vater heimlich zu ihr in die Praxis, weil er wusste, dass meine Mutter diesen ungewöhnlichen Behandlungsmethoden ablehnend gegenüberstand. Ich für meinen Teil war Feuer und Flamme, boten die doch recht sonderbaren Sitzungen Gelegenheit, mit dem Zubial zusammen zu sein. Zusammen lachen – ist das nicht eine Form der Liebe?

Als wir das erste Mal die Praxis Wang aufsuchten, war ich neun Jahre alt. Ein böser Husten zerriss mir die Brust. Ich nahm Zubials Besorgnis wahr, die mich mit Freude erfüllte, weil sie etwas Besonderes war. Madame Wang setzte mir Nadeln in die Ohren. Wenn sie mich mit Stricknadeln durchbohrt hätte, wäre mir das auch recht gewesen – so sehr gierte ich nach den Augenblicken, in denen der Zubial vorübergehend seiner Rolle als Vater gerecht wurde.

Madame Wang fragte mich, ob es wehtue, und ich antwortete mit Nein, damit diese Minuten, in denen Papas Blick auf mir ruhte, andauerten. Dabei schmerzten die Knorpel, in denen die Nadeln steckten, wie verrückt. Hätte der Zubial die Praxis verlassen, hätte ich laut gebrüllt. Stattdessen lächelte ich ihm zu, als Antwort auf seine geistreichen Bemerkungen.

Heute sind es nicht mehr die Nadeln von Madame Wang, die mich quälen; es ist die Abwesenheit dieses Mannes, durch den ich ein Gespür dafür entwickelte, jeden Tag so zu erleben, als wäre er ein ganz besonderer. Ihm allein verdanke ich diese Fröhlichkeit, die die abgrundtief Verzweifelten ausstrahlen, diese Freude, die aus häufigem und unergründlichem Kummer erwächst. Siebzehn Jahre haben mein Gefühl von Einsamkeit nicht abgebaut; sein Tod ist für mich ein Ärgernis und weckt gelegentlich in mir das Verlangen, laut aufzuschreien.

Und wenn es mir nicht gelingt, mich von dem Wunsch freizumachen, wie er zu sein? Manchmal möchte ich mir am liebsten die Pulsadern aufschneiden, um mich seines Blutes zu entleeren, und sie dann mit ganz gewöhnlichem auffüllen.

1971. Der Sommer röstet meinen Körper an einem Strand im Süden. Seit zwei Monaten habe ich meinen Vater nicht gesehen. Das ist normal, sage ich mir, er verabscheut Urlaub und hat was gegen die Sonne. Immer träumte er vom Strand in Deauville aus den Kindertagen seines Vaters, als, dem Nain Jaune zufolge, die Sonnenschirme das Lächeln züchtiger Ehefrauen verbargen. Dennoch beschleicht mich ein böser Verdacht, als wir – Frédéric, ich und unsere Schwester Barbara –, wieder zurück in Paris, in eine neue Wohnung kommen, in eine hochherrschaftliche diesmal, und vom Zubial keine Spur auszumachen ist. Fragen zu stellen halten wir für unangebracht. Das Rätsel sollte sich über zwei Monate hinziehen.

Wie sich viel später herausstellte, hatte meine Mutter beschlossen, sich aus Zubials Leben davonzustehlen, und ihm, um ihn leichter zurückzugewinnen, unsere neue Adresse verschwiegen. Um seinen Appetit zu reizen, waren ihre Freundinnen darauf eingeschworen worden, nichts zu verraten. Unser Untertauchen sollte rätselhaft bleiben. Damals führte meine Mutter das Leben einer gefeierten Leinwanddiva, zu der sie zum Teil mein Vater stilisiert hatte; darauf zu verzichten, den Fortgang der Handlung spannend zu gestalten, kam für sie nicht infrage. Nichts zwischen dem Zubial und ihr war einfach, alles war geprägt von grenzenloser Leidenschaft, die sowohl für sie wie für ihn die entscheidende Achse ihres keinen Gesetzen folgenden Lebenswandels war.

Die berechnete Wirkung ist eingetreten. Der Zubial breitet seinen Kummer über ganz Paris aus, schläft mit einer Reihe von Ehefrauen seiner Freunde, die weiterhin mit meiner Mutter in Verbindung stehen und sie über ihn auf dem Laufenden halten. Als er nach einem Monat endlich die Anschrift unseres Schlupfwinkels herausfindet, schweigt sich dieser Schwerenöter aus, unternimmt absichtlich nichts. Er arbeitete damals an seinem ersten Buch, für ihn nicht der richtige Zeitpunkt, den Schlussstrich unter seine vom Schicksal gewollte Verzweiflung zu ziehen, die sein schriftstellerisches Talent beflügelte und seine Sensibilität erhöhte. Außerdem sollte seine Rückkehr erst dann erfolgen, wenn der von meiner Mutter initiierte Zweikampf seinen Höhepunkt erreichte.

Erst einen weiteren Monat später – ich saß im Zimmer von Maman über meinen Schularbeiten – klingelt das Telefon. Sie hebt ab. Aus dem Hörer dröhnt die Stimme des Zubial; offenbar bester Laune tönt er:

»Rate, wo ich bin? Geh mal nach draußen!«

Neugierig geworden, öffnet meine Mutter die Balkontür, tritt hinaus, und plötzlich überzieht ein Lächeln ihr Gesicht, kein Allerweltslächeln, nein, ein so glückliches Strahlen ist es, dass ich mit einem Mal die junge Frau in ihr wieder erkenne, die sich in meinen Vater verliebt hat. Der Zubial steht, den Hörer in der Hand, am Fenster auf der anderen Straßenseite. Er hat die Wohnung genau uns gegenüber gemietet! Frédéric stürmt ins Zimmer; mit seinen vier Jahren erfasst er die Situation auf einen Blick. Freudestrahlend auch er, begeistert klatscht er in die Hände, wie man einem Zauberer nach einem gelungenen Trick Beifall spendet.

Genau so war die Beziehung zwischen meinen Eltern, akrobatisch, ständig in Gefahr, ungemein kinowirksam. Bei all diesen Spannungen wussten beide, dass sie weder mit noch ohne den anderen leben konnten. Ihr Verhältnis bleibt in meinen Augen das Paradebeispiel einer ständigen Rückeroberung.

Nach diesem Zwischenspiel liebten sie sich wieder an den Wochenenden, in Verdelot oder anderswo. Unter der Woche sah ich fassungslos mit an, wie mein Vater abends erschien, um meine Mutter zum Essen auszuführen in der Hoffnung, mit ihr im Bett zu landen. Das Bild dieses ewigen Liebhabers, der geduldig und mit Blumen in der Hand im Hausflur wartete, ist für mich das des typischen Jardin.

Später, sehr viel später, mit dreiundzwanzig Jahren, habe ich einen meiner Romanhelden – den Zèbre – von einer solchen Rückeroberung träumen lassen und diesen Notar aus der Provinz mit dem einen oder anderen Wesenszug meines Vaters ausgestattet. Als ich damals dieses Buch schrieb, war mir allerdings nicht bewusst, dass ich auf tatsächliche Verhaltensweisen des Zubial zurückgriff.

Darauf machte mich meine Mutter aufmerksam, eines Abends im Herbst 1993, fünf Jahre nach Erscheinen des Romans. Wir waren eben mit dem Wagen aus Verdelot zurückgekommen, als sie mich mit gereizter Stimme fragte:

»Bist du das, der diese Briefe abgeschickt hat?«

»Was für Briefe?«, entgegnete ich verständnislos.

Im dritten Teil meines Romans stirbt der Zèbre, betört aber aus den Tiefen seines Grabes heraus weiterhin seine Frau, indem er ihr durch grausame und erschütternde Machenschaften posthum Briefe zukommen lässt, die die Heldin des Buches in den Netzen der Leidenschaft gefangen halten. An jenem Abend habe ich aus dem Munde meiner Mutter erfahren, dass mein Vater tatsächlich mit ihr ein derartiges Spiel getrieben hatte. Selbst als Toter verstand er es, ihr Herz mit Beschlag zu belegen, ihre Hoffnungen und ihre Zukunft.

Nachdem das Buch erschienen war, glaubte meine Mutter, mit diesem dritten Teil wollte ich ihr durch die Blume zu verstehen geben, dass ich es sei, der damals die Briefe an sie aufgegeben hatte. Wie Schuppen war es ihr von den Augen gefallen. Ihrer Meinung nach konnte sich nur ein Kind zu einem derart makabren wie absurden Tun verleiten lassen.

Ich hatte nichts damit zu tun. Ich war einer Eingebung gefolgt und hatte meiner Feder freien Lauf gelassen, ohne etwas von dieser Geschichte zwischen meinen Eltern zu wissen. Lediglich der Gedanke war mir gekommen, dass meinem Vater ein solches Verhalten durchaus zuzutrauen gewesen wäre. Ich merkte nicht, dass zu jener Zeit der Zubial in mir schrieb, vielleicht war ich auch schon er geworden, einen Roman lang. Die Wege des literarischen Erbes sind gelegentlich undurchdringlich.

Heute und je mehr ich mich dem Alter nähere, in dem er starb – mit sechsundvierzig Jahren wohlgemerkt –, komme ich mir immer mehr wie sein Zwillingsbruder vor. Sollte ich älter werden als er, werde ich sein großer Bruder bleiben.

Ich bin nicht sein Sohn, sondern er ist mein Vater!«, waren die ersten Worte, die ich im Oktober 1986 in der Öffentlichkeit, vor laufender Fernsehkamera, von mir gab.

Ich war einundzwanzig und stand Bernard Pivot anlässlich eines Podiumsgesprächs Rede und Antwort. Er hatte mich gerade als Sohn von Pascal Jardin vorgestellt. Am liebsten hätte ich einfach behauptet, dass ich der Vater sei und er der Sohn, derart zuwider ist mir die Einhaltung der Rangfolge in Sachen Abstammung, richtig wütend macht mich das. Mein Einwand hatte einen weiteren Grund: Ich war mir so gut wie sicher, dass niemand seinen Namen kannte, und befürchtete schon, Pivot würde sich auf einen Schriftsteller berufen, der nur ihm und einigen Literaturbeflissenen geläufig war.

Dass der Zubial im Familienkreis eine ganz besondere Stellung einnahm, verstand sich für mich von selbst; das hohe Ansehen, das er bei den Jardins und im Freundeskreis genoss, war also für mich nicht weiter verwunderlich. Meine Altersgenossen hingegen erwähnten niemals seinen Vornamen. Wir waren zu jung, um seine Bücher gelesen zu haben, denen ein phänomenaler, wenngleich nur kurzer Erfolg beschieden war. Und wer scherte sich schon um die Drehbücher, die er geschrieben hat? Meine Freunde hatten sehr wohl im Fernsehen *Le Vieux Fusil (Das alte Gewehr), Le Chat (Die Katze), La Veuve Couderc (Der Sträfling und die Witwe)* oder die eine oder andere Fortsetzung von *Angélique, Marquise des Anges (Angélique; Angélique und der König; Angélique und die Liebe* etc.) gesehen, aber wer achtet schon auf den Namen des Drehbuchschreibers? Die Franzosen sind immer davon ausgegangen, dass Gabin im Privatleben genauso sprach wie in seinen Filmen.

Ich hielt mich also tatsächlich für den Sohn eines Unbekannten; und als das öffentliche Leben anfing, mich von einem Auftritt zum anderen zu hetzen, war ich erstaunt, wie oft jemand, der älter war als ich, mich für Pascal hielt und sich dann sofort dafür entschuldigte. Das brachte mich aus der Fassung, mich, der ich immer befürchtet hatte, wegen seiner unglaublich gewinnenden Ausstrahlung ins Abseits gedrängt zu werden. Demnach hatte der Zubial eine Spur hinterlassen, die eines Kometen. Sehr rasch wurde mir klar, dass man mir zuweilen sogar unterstellte, ich sei eines dieser Kinder, deren Familienname ihrer Karriere auf die Sprünge hilft.

Ich wäre liebend gern Papas Sohn gewesen, aber da war kein Papa mehr. Der Zubial hatte mich allein am Wegrand stehen lassen, in einem Alter, in dem man sich anschickt, seine ersten Schritte als junger Mann zu tun. Fünfzehn Jahre ... Ich war in der Kälte seiner Abwesenheit herangewachsen, hatte gelernt, mich zu rasieren, ohne dass mir eine Männerhand gezeigt hätte, wie man das am geschicktesten anfängt. Wenn meine Mutter mir in meiner nicht unproblematischen Pubertät auch geholfen hat, mich in etwa zurechtzufinden, so hat sie mich doch niemals in meinen jardinschen Neigungen bestärkt. Wohl weil sie befürchtete, sein ungestümes Temperament könnte auch in mir durchbrechen, wobei sie sich vielleicht gerade das insgeheim erhoffte. Wie sehr hatte sie darunter leiden müssen ... Sie wünschte sich, dass ich friedfertiger würde, weniger von dem Verlangen besessen, vieles zugleich zu sein.

Mit einundzwanzig hielt mir das öffentliche Leben ganz unverhofft meine Abstammung vor.

Die Abneigung, die mir *Le Monde* weiterhin bewahrt, weil man sich dort schwer damit tut, dass es mich überhaupt gibt, lässt mich an die Auseinandersetzung des Zubial mit einem seiner vernichtendsten Kritiker denken. Die unverschämte, fast schon ungeheuerliche Replik meines Vaters gipfelte in der Bemerkung, dass sein Widersacher anstelle eines Gehirns einen Schwamm im Kopf habe, womit er meiner Feindschaft mit dieser Zeitung Vorschub leistete. Durch ein außergewöhnliches Vermächtnis scheine ich die feindselige Einstellung meines Erzeugers geerbt zu haben.

Paris hat mir somit diesen Vater zurückgegeben, der mich eine viel zu kurze Spanne meines Lebens begleitete. Die Wege des literarischen Erbes sind, das steht eindeutig fest, unmöglich vorauszusehen.

Wie liebte mein Vater? Diese Frage wird mich wohl zeitlebens beschäftigen, bin ich doch wie eh und je fasziniert von diesem Don Juan, der er war. Die etwa dreißig Frauen, die ich am 30. Juli 1996 in der Kirche Sainte-Clotilde überraschte, gaben mir, als ich mir daraufhin ein Herz fasste und einige von ihnen ohne Umschweife danach fragte, die unterschiedlichsten Antworten. Für jede hatte sich der Zubial eine eigene Kunstfertigkeit in der Liebe einfallen lassen, seine fantasievollen Auftritte immer wieder abgewandelt. Niemals bedachte er sie mit den gleichen Worten, den gleichen Blumensträußen, der gleichen Besorgnis. Er entführte sie in sich aneinander reihende Dramen oder Komödien, die immer andere Fragen aufwarfen, grundsätzliche oder frivole. Jede von ihnen war die Heldin einer unveröffentlichten Novelle von Vater Jardin. Ohne Unterlass stachelte der Zubial seine Fantasie an, denn die Liebe war für ihn eine so ernste Sache, dass er die, welche er liebte, nicht über einen Kamm scherte. Ich glaube, es lag ihm daran, dass die Frauen in seinem ureigenen Universum sich durch seine glühende Verehrung ihrer selbst bewusst wurden.

Als Seelenverwandter Fregolis, dem italienischen Varietékünstler und Meister im Rollentausch, trieb er es in seinem Perfektionismus so weit, sie mit immer verändertem Äußeren in seine Traumwelt zu entführen. Auf den vergilbten Fotos, die sie aufbewahren, habe ich ihn in gutbürgerlicher Aufmachung gesehen, als afrikanischen Großwildjäger, in Jeans, im Frack, mit Jacke, mit Pullover; je nach Lust und Laune und Umgebung zog er sich um, gelegentlich auch mitten am Tage oder in der Nacht. Es gibt Fotos von ihm als Ausflügler am Strand von Cherbourg, als Gast des Hotels Normandy in Deauville, am Arm einer berühmten Sängerin, mit einem Protestschild in der Hand auf einer feministischen Demo im Jahre 1969, an der Seite eines kurz geschorenen Wesens, das einen Büstenhalter verbrennt, oder am Steuer eines schnittigen Kabrios, eingemummt in ein Bärenfell, einer entzückenden Chinesin zulächelnd.

Warum hat er niemals seine im wahrsten Sinne des Wortes Abenteuer mit Nathalie, Manon, Régine, Anne, Dany, Sonia, Françoise, Roberta, Pauline, Ming und den anderen zu Papier gebracht? Ich glaube, er zog es vor, nach seinen überspannten Vorstellungen zu leben, anstatt seine Liebesgeschichten auf den Seiten von Romanen aufzuspießen wie ein pedantischer Insektenforscher. Verständlich. Ich selbst habe mich mehr als einmal zu einigen Kapiteln über meine Frau verstiegen, sie aber dann doch nicht veröffentlicht. Diese Versuche am lebenden Objekt waren mehr oder weniger alle eine Nummer zu groß für mich.

Wie verschiedenartig sie auch gewesen sein mögen, diese gelebten Fiktionen, sie waren doch allesamt geprägt von seiner Besessenheit, das wahre Antlitz des Lebens kennen zu lernen. In seinen Armen verspürten seine Geliebten, was es heißt, ohne Wenn und Aber zu existieren, unvermittelt ihrem wahren Ich zu begegnen, indem sie ihre Ängste abwarfen, selbst wenn er ihnen diese nur vorgegaukelt hatte. Was nicht die unwesentlichste seiner widersprüchlichen Einstellungen war. Wenn er sie freudig beschlief, war er mit ganzem Herzen dabei, so kurz die jeweilige Affäre auch dauern mochte. Nur die Erdbeben, die etwas in Bewegung brachten, die unheilbaren Leidenschaften, die einen keuchend, überglücklich oder am Boden zerstört, aber ohne Bedauern zurücklassen, lockten ihn. Kein Wunder, dass derart viele dieser Heldinnen für einen Tag oder ein paar Monate auch noch sechzehn Jahre nach seinem Tod ihre Tränen im Kirchenschiff von Sainte-Clotilde trockneten ...

Und wer wird einmal um mich weinen? Was habe ich meinen Mitmenschen geschenkt? Habe ich es verstanden, mich in Liebe, in Freundschaft hinzugeben, Spuren zu hinterlassen, die bereichernd sind? Wenn ich mir den Lebensweg des Zubial so ansehe, dann kommt es mir zuweilen vor, als hätte ich nichts weiter getan, als das Schicksal anderer zu streifen.

Die Affäre zwischen Sonia und dem Zubial währte nicht länger als eine Viertelstunde, der reinste Wahnwitz. Am 6. Juni 1978, genau zwischen 22.50 und 23.05 Uhr, entledigte sie sich ihrer Pflichten als Hausfrau und Mutter und ihres spießbürgerlichen Daseins in dem kleinen Städtchen Loudon.

Während des Abendessens hatte mein Vater immer wieder ihre Blicke auf sich gezogen, hatte Anekdoten zum Besten gegeben, in denen es um solch fleischliche Gelüste ging, die auch die ehernsten Grundsätze jählings zum Entgleisen bringen. Sein gefährlich kindlicher Charme hatte in Sonia Begierden geweckt, die sie nicht lange unerfüllt lassen wollte. Dabei jagte ihr dieser so unverschämt freimütige und witzige Mann viel zu viel Angst ein, um nicht auf der Hut zu sein. Aber in Gegenwart des Zubial schien die Welt mit einem Mal aus den Fugen zu geraten. Der Ehemann hatte sehr wohl bemerkt, dass seine Frau unruhig wurde, nur die unmittelbar bevorstehende Gefahr ahnte er nicht, als Sonia nach dem Essen in die Küche entschwand, um Kaffee zuzubereiten.

Der Zubial folgte ihr, mit den Resten des Nachtischs. Eine Viertelstunde später kehrte Sonia mit dem Kaffee zurück, die Frisur ein wenig in Unordnung, strahlend und mit roten Backen. Der Zubial hingegen hatte sich, ohne sich zu verabschieden, verzogen, war, um sich nicht nochmals den Gästen zeigen zu müssen, durchs Fenster geklettert. Auf dem Küchentisch hatte er ihr mehr verschafft als nur ein Vergnügen, nämlich die Entdeckung ihrer selbst, ihrer eigenen Wünsche.

Eine Woche später und ohne dass der Ehemann so recht verstand, warum, legte sich Sonia einen neuen Haarschnitt zu, ließ die Wohnung streichen und die Volkshochschule Volkshochschule sein, um in Tours ihr Medizinstudium wieder aufzunehmen. Dass sie fünfunddreißig war, erschien ihr nicht länger ein Hindernis. Was hatte er ihr gesagt, als er sie nahm? Worin lag die Macht dieses Mannes, der den Frauen den Weg zu ihrer Verwirklichung ebnete? Ich glaube, dass allein seine Gegenwart sie aufrüttelte, so als ob das Zusammensein mit ihm Zugang zu den Freiheiten gewährte, die er sich erobert hatte.

Auch ich, das Kind, habe das gespürt, und seit er tot ist, ist mir nie wieder jemand begegnet, der dieses Talent besitzt, diese unwahrscheinliche Gabe, andere freier zu machen. Wer soll mich jetzt von meinen inneren Zwängen erlösen? Wer mir das Rezept verraten, das mich immun macht gegen das Gift, das mein Charakter absondert?

Ich bin zehn Jahre alt. Der Zubial hat sich mit einem Stemmeisen bewaffnet, einer Taschenlampe und einem Luftgewehr. Wir, das heißt er, ich und mein Bruder Frédéric, haben vor, im Schloss von Miramont, an den Ausläufern des Ärmelkanals gelegen, einzubrechen. Dieser unter Brombeerhecken vor sich hindämmernde Koloss aus dem 18. Jahrhundert hat schon immer unsere Fantasie beflügelt. Papa hat uns versichert, in der Bibliothek befänden sich alte Zauberbücher, die alle Geheimnisse enthielten, die wir später einmal bräuchten, um die Herzen der Frauen zu betören.

Mit dieser reizvollen Aussicht kämpfen wir uns durch das Dickicht, erklimmen eine Treppe, die sich zwei Mal um die Überreste eines Brunnens windet. Rings um uns summt der Sommer, zirpt und pfeift eine Vogelschar. Wie mein Bruder habe auch ich entsetzliche Angst, vom Wärter, einem gewissen Courte-Barbe, überrascht zu werden, weshalb wir ja auch ein Gewehr mitgenommen haben. Später, natürlich erst später, habe ich erfahren, dass es gar keinen Courte-Barbe mehr gab, ebenso wenig wie im Unterholz Fallen für die Wölfe versteckt waren. Aber was ist eine Expedition wert, bei der keine Gefahr lauert?

Endlich stehen wir vor einem der Portale des rechten

Flügels. Das Stemmeisen macht uns leichter den Weg frei als ein Schlüssel, zumal die Schlösser verrostet sind. Wir kämpfen uns zu Dornröschen vor. Ein Schwarm aufflatternder Fledermäuse empfängt uns; ihr Geschrei verliert sich in der riesigen Öffnung zwischen den breiten Treppenaufgängen. Durch Spinnenweben watend, entdecken wir schließlich die große Bibliothek mit Tausenden alter Bücher. Wir drängen uns um unseren Vater, zucken jedes Mal zusammen, wenn ein Fensterladen im aufkommenden Wind klappert.

Der Zubial zieht sich ein in Leder gebundenes geheimnisvolles Buch heraus, aus dem er, jetzt mit der Brille auf der Nase, vorzulesen beginnt. Leider handelt es sich um einen lateinischen Text, eine Sprache, die er nicht beherrscht, weshalb er sich anschickt zu improvisieren. Umso aufmerksamer höre ich zu, frage mich aber dennoch, warum sich der Zubial so viel Mühe gemacht hat, dies hier zu veranstalten. Befürchtet er, seine eigenen Worte hätten weniger Gewicht?

»Stets sollt ihr Vortreffliches im Leben der Frauen bewirken«, stottert er und tut so, als entschlüssele er jetzt Altfranzösisch. »Auf dass ihr ewiglich von edlen und euch wohlgesonnenen Damen geliebet werdet ...«

»Was bedeutet das?«, fragt Frédéric, zunehmend verunsichert.

Der Wind heult inzwischen so schaurig, dass das gesamte Schloss zu knarzen scheint. Bei jedem Geräusch meint mein Bruder, im nächsten Augenblick den schrecklichen Courte-Barbe auftauchen zu sehen.

»Das bedeutet, dass das ausgemachter Blödsinn ist, meine Süßen! Und dass wir ohne die Frauen nichts sind. Glaubt mir, man entspricht ihren Erwartungen nur, um dadurch zu sich selbst zu finden. Unser Heil liegt allein in der Kunst, ihre Frustrationen zu lindern. Ihr Groll ist unser Lehrmeister. Wenn sie euch kritisieren, hört ihnen zu, oft genug weisen sie uns den kürzesten Weg zu unserem Glück dadurch, dass sie das ihre suchen.«

Diese quasi theologischen Ratschläge vermögen den siebenjährigen Frédéric nicht sonderlich zu fesseln. Er hat Angst und möchte so schnell wie möglich verschwinden. Bis uns der Zubial reinen Wein einschenkt – dass uns keinerlei Gefahr droht, dass dieses Haus Charles Edouard de Miramont gehört, dem Patenonkel meines kleinen Bruders. Dass wir, kurz gesagt, nur einen Einbruch im Schloss eines Freundes spielen, um die Schauplätze *festzulegen.*

Beim Film, erklärt der Zubial, müsse man bei der Wahl der Kulissen, vor denen bestimmte Szenen abgedreht werden sollen, die Schauplätze festlegen.

»Und was soll hier gedreht werden?«, habe ich gefragt.

»Eine Nachtszene, mit einer Frau und für eine Frau.« Wir kennen diese Catherine nicht, die ihm seit einer Woche im Kopf herumspukt. Der Zubial hält es für möglich, dass besagte Dame an einem Mangel an Romantik leidet, dem sobald wie möglich Abhilfe zu schaffen er sich vorgenommen hat. Die Vorsitzende am

Gericht von Caen hat dummerweise einen Anwalt geheiratet, der, der Diagnose meines Vaters zufolge, für eheliche Angelegenheiten ungeeignet ist. Er würde nicht merken, dass Catherines Herz nur durch ein aufregendes romantisches Abenteuer zu gewinnen sei. Also hat sich mein Vater ausgedacht, mit ihr in dieses Schloss einzudringen und mit der Angst im Nacken, von einem imaginären Wärter überrascht zu werden, hier eine Liebesnacht zu verbringen. Als Richterin, die sie ist, sei damit zu rechnen, dass sie zusätzlich Sanktionen befürchten müsse, wenn man sie erwische. Es sei vorgesehen, dass Schlag Mitternacht der Assistent von Zubials Verleger, der zur Zeit hier in der Gegend seinen Urlaub verbringe, in der Rolle des Courte-Barbe auftrete. Alles sei arrangiert, um eine fulminante Szene aus einer romantischen Komödie hinzulegen.

Während er uns davon vorschwärmte, dachte er keinen Augenblick daran, dass wir ja noch Kinder waren; mir ging es übrigens umgekehrt nicht anders: Ich redete mit ihm wie mit einem Gleichaltrigen. Dem Zubial haftete seine Kindheit an wie anderen ihre geografische Herkunft; niemals legte er ihren Akzent ab. Und genauso wenig schien er sich bewusst zu sein, dass wir eine Mutter hatten und dass seine verbotenen Liebschaften uns durchaus in Verwirrung stürzen konnten. In seinen Augen waren wir wohl keine Söhne, sondern künftige Liebhaber.

Zwanzig Jahre später habe ich in einer Gaststätte diese Frau kennen gelernt, deren Liebesnacht wir vorbereitet hatten. Catherine – in einem kanariengelben Kostüm – hat sich zu mir an den Tisch gesetzt, an dem einstmals der Zubial zu sitzen pflegte. Sie hat mich angestarrt, die Augen niedergeschlagen und erst gelacht und dann geweint, alles, ohne sich mir zu erkennen zu geben. Ich habe nichts gesagt. Das Wesentliche war offenkundig geworden. Wie schön, wenn eine Frau in eine Erinnerung verliebt ist. Nach und nach hat sie zu reden angefangen, zurückhaltend, leise, wie man mit einem Geist spricht. Ihre Nacht mit dem getürkten Einbruch im Schloss von Miramont war tatsächlich über die Bühne gegangen. Niemals hätte sie so sehr das Gefühl gehabt, in einen Kleinmädchentraum einzutauchen. Kein anderer Mann habe ihr so nachdrücklich die Illusion vermittelt, ein Märchen zu erleben. Um Mitternacht habe er nach seiner Waffe gegriffen und eine Salve auf den Wärter abgefeuert, um ihre Karriere nicht zu gefährden, vertraute sie mir an. Ich brachte es nicht über mich, ihr zu sagen, dass das Schloss dem Patenonkel meines kleinen Bruders gehört und dass der ominöse Wärter heute ein Pariser Verleger ist; tut mir Leid. Dass mein Vater dieser bezaubernden Richterin Gefahren vorgegaukelt hatte, die gar nicht vorhanden waren, erschien mir umso köstlicher.

Kurz bevor wir uns trennten, sagte sie noch:

»Er war ... er war, nein, er ist ... er ist ...«

»Ich weiß.«

Wir haben uns verabschiedet. Ich habe sie weggehen sehen. Sie schluchzte; ihre zarte Gestalt erbebte unter diesem Schluchzen. Wie kommt es, dass bestimmte Menschen, auch wenn sie längst tot sind, uns dazu bringen, das Leben mit mehr Leben zu erfüllen? Uns Geschmack an einem Dasein ohne Zwänge finden lassen, indem sie uns daran erinnern, dass wir geboren sind, um uns mit dem Unendlichen auf du und du zu stellen? Wie kommt es, dass nach diesen Begegnungen auf häufig schwankendem Boden nichts jemals wieder so sein kann wie vorher?

Jeanne war Prostituierte. Der Zubial liebte sie so sehr, dass er niemals mit ihr schlief. Sie ging ihrem Gewerbe in der Nähe der Champs-Élysées nach und nahm mich hin und wieder mittwochs, zwischen zwei Freiern, auf ein Eis in die Tuilerien mit, in Begleitung meines Vaters.

Nur ganz selten haben mir Frauen so viel Nettes über Männer erzählt und über den, der zu werden ich aufgerufen war. Jeanne war ungemein offen. Sie sagte, was sie meinte, nahm kein Blatt vor den Mund und nannte auch ihre Gefühle beim Namen. Mit ihrem schönen, knackigen Körper anderen Freude zu spenden, machte ihr nicht allzu viel aus. Sie genoss die Freiheit, die ihr das eintrug. Jeden Tag pries sie die Vorsehung, die sie zur Hure hatte werden lassen.

Jeanne besaß alles, um den Zubial zu bezaubern, der Zeit seines Lebens seine guten Beziehungen zur Polizei ausnutzte, um sie beschützen zu lassen. Sie war seine Schwester, sein ehrlichster Spiegel. Ihr etwas vorzumachen, war völlig sinnlos; sich selbst etwas vorzumachen, brachte sie in Rage. Sie fand das Leben widersprüchlich genug, um eigens noch etwas hinzuzudichten.

Kennen gelernt hatten sie sich eines Abends, als der Zubial niemanden fand, dem er das letzte Kapitel eines seiner Bücher vorlesen konnte. Der Gedanke, eine Prostituierte anzurufen, war ihm als letzte Rettung eingefallen. Zwei Stunden später war Jeanne aufgekreuzt, in einem schwarzen Regenmantel. Mit den Wunderlichkeiten der männlichen Seele durchaus vertraut, hatte es sie nicht gestört, dass dieser Schriftsteller sie dafür bezahlen wollte, dass sie zuhörte, wie er ihr ein paar Seiten vorlas. Anschließend hatte sie sich darüber geäußert und sich die Freiheit herausgenommen, dem Zubial derart unverfroren zu sagen, was sie von ihm hielt, dass er sich Hals über Kopf in sie verliebte.

Für Jeanne dachte er sich die vielleicht schönsten Augenblicke seines kurzen Lebens aus. Eines Abends füllte er das Restaurant Prunier in der Avenue VictorHugo mit auf spießbürgerlich verkleideten Zigeunern, die sich irgendwann während des Festmahls zur Feier ihres Geburtstags plötzlich erhoben und für sie aus dem Stegreif eine musikalische Einlage zur Verherrlichung ihrer Schönheit darboten. Sie weinte. Ein andermal schenkte der Zubial ihr all die Bücher, an denen er hing und auf deren erster Seite er jeweils kurz notiert hatte, inwieweit der Text ihn angesprochen oder erbost hatte. Jeanne besitzt somit mehr als zweitausend Bücher, die mit seinen handschriftlichen Notizen versehen sind, übrigens eine Arbeit, die ihn mehrere Wochen in Anspruch nahm. Wieder weinte sie. Wären noch die Blumen zu erwähnen, die er ihr zwei Monate lang drei bis vier Mal am Tag schicken ließ, um ihrer Concierge nachdrücklich zu verdeutlichen, dass in ihrem Haus eine Prinzessin wohnte, eine ganz besondere Frau und nicht etwa eine gewöhnliche Dirne. Diese Zeichen glühender Verehrung zielten nicht darauf ab, sich Jeanne zu Eigen zu machen; sie wollten ihr das schenken, was andere Männer ihr verweigerten: Zärtlichkeit, Hochachtung vor ihrer Integrität, Bewunderung ihrer wonnigen Weiblichkeit.

Bei der Beerdigung des Zubial legte Jeanne einen Strauß Veilchen auf den frisch gesetzten Grabstein. Seither – und das sind inzwischen siebzehn Jahre – schmückt eine unbekannte Hand tagtäglich die Gedenkstätte meines Vaters im schweizerischen Vevey mit einem ebensolchen Sträußchen.

Anne dürfte die gewesen sein, die mir persönlich am besten gefiel. An einem Mittwoch hatten wir uns kennen gelernt, in einer Musikalienhandlung, in der alte Klaviere herumstanden. Der Zubial hatte mich mitgenommen, um mir die Geschichte jedes der zum Verkauf stehenden Instrumente zu erzählen. Unter dem skeptischen Blick der Verkäuferin vertraute er mir an, dass eines der Cembalos ein Geschenk von Talleyrand an Pauline war, eine der Mätressen von Chateaubriand, auf die er ein lüsternes Auge geworfen hatte.

Die Geschichte neu zu erfinden gehörte zu seinen Leidenschaften. Es wäre für ihn das Schönste überhaupt gewesen, der legendäre Simon zu sein und hinter einer Galerie rückseitig transparenter Spiegel die Geschicke am Hofe Ludwigs XIV. zu beobachten. Stets behauptete er, sich an die Wahrheit zu halten, an die, die sich hinter Opportunismus und politischer Heuchelei verbirgt. Auf diese Weise sind mir mehrere hundert ebenso faszinierende wie zweifelhafte Anekdoten vertraut, in denen es um angebliche Liebschaften jener bedeutenden Persönlichkeiten geht, die meine Geschichtsbücher bevölkerten – was mir seinerzeit im Gymnasium manche Auseinandersetzung mit meinen Professoren bescherte.

Im Pantheon des Zubial nahm Charles Maurice de Talleyrand-Périgord einen bevorzugten Platz ein. Dieser Wendehals-Diplomat, der von 1789 bis 1834 allen Regierungen angehörte und abwechselnd ein Konservativer, ein Befürworter des Thermidor, ein Ränkeschmied war, als es um die Einführung des Konsulats ging, dann Außenminister unter Napoleon, den 1815 im Stich zu lassen er als zweckdienlich erachtete, um sich auf die Seite von Ludwig XVIII. zu schlagen, der für eine Weile die Bourbonen wieder an die Macht bringen sollte. Ständig übte er Verrat, sowohl im Interesse Frankreichs wie auch in seinem eigenen, das er so eng mit dem der Grande Nation zu verknüpfen verstand. Wenn wir Talleyrand spielten, mein Vater und ich, machten wir uns einen Spaß daraus herumzuhinken, um den Gang dieses lahmen Teufels mit seinem Klumpfuß nachzuäffen. In seiner Werkstatt hatte er mir sogar einen Krummstab des Kirchenfürsten gebastelt und eine Mitra aus Pappe, um die Jugend dieses abtrünnigen Bischofs nachzuspielen, der in der Nationalversammlung die Veräußerung der kirchlichen Besitztümer beschließen ließ! Der große Charles Maurice war für uns, die Jardin-Kinder, der einzig wirkliche Konkurrent von Micky und Donald.

An dem besagten Tag also erzählte mir der Zubial, dass Talleyrand all denen, die er begehrte, Cembalos zukommen zu lassen pflegte, denn, so seine Behauptung, nichts schmeichle den Frauen mehr, als wenn man ihnen ein Musikinstrument schenke, das sei doch mal etwas anderes als diese ewigen Blumensträuße. Ich schrieb es mir hinter die Ohren. Unvermittelt zog eine gut aussehende Dame seine Aufmerksamkeit auf sich. Ihr Kleid, das sie wie eine zweite Haut umgab, verriet einen so wohlgeformten Körper, dass es unmöglich war, dies nicht zu bemerken. Mein Vater sah mich nachdenklich an und fragte:

»Weiß man eigentlich in deinem Alter schon, was eine wunderschöne Frau ist?«

»Papa, ich bin acht ...«

Ich war verärgert und wollte zu erkennen geben, dass er mich mit dieser Frage beleidigte. Er hat nie wieder auf mein Alter angespielt.

Die junge Frau schien sich zwischen zwei Pianos nicht entscheiden zu können, verzog sich in den hinteren Teil des Ladens, wohl um in Ruhe zu überlegen. Das bewog den Zubial, sich kurz entschlossen an die Verkäuferin zu wenden, sich nach dem Preis des teureren der beiden Klaviere zu erkundigen, einen Scheck auszuschreiben und unter Hinterlegung seiner Visitenkarte schleunigst mit mir das Geschäft zu verlassen. Mir blieb kaum Zeit, mir klar zu machen, dass das, was sich da eben abgespielt hatte, wirklich passiert war.

»Kennst du sie, diese Dame?«

»Nein«, gab er zurück, »wenn ich sie kennen würde, hätte ich vielleicht nicht diesen Scheck ausgestellt! So aber ... eine Fata Morgana, alles ist noch möglich ...«

Die junge Frau rief ihn an, wies das Geschenk zurück, wollte sich nicht verpflichtet fühlen, und das Klavier wurde angeliefert. Sie liebten sich fünf Monate lang, zuvor hatten die Wunden, die Anne von einer Scheidung davongetragen hatte, sie sehr lange von den Männern fern gehalten.

Paradoxerweise besaß Anne eine Ehevermittlung in der Rue du Faubourg-St.-Honoré. Der Zubial fand das herrlich und verbrachte ganze Nächte damit, anhand der Unterlagen ihrer Kunden die unmöglichsten Ehen vorzuschlagen, indem er fieberhaft abstruse Paarungen zusammenstellte. Wenn wir mit den Fotos und den schriftlichen Notizen eine Art Quartett spielten, beschlich mich, auf je ausgefallenere Kombinationen mein Vater verfiel, zusehends das Gefühl, dass Anne nur zu gern ihre eigenen Unterlagen mit denen des Zubial gekoppelt hätte.

Alles was er ihr bieten konnte, war, sie zum Schein zu heiraten, auf der Bühne des Paradis Latin, in einem Hochzeitsgewand aus Baiser-Masse. Der Geschäftsführer des Kabaretts hatte sich für einen Abend darauf eingelassen, dass mein Vater und Anne eine eigens für diesen Anlass vom Zubial geschriebene kurze Posse darboten. Die Zuschauer meinten, dies gehöre zum normalen Programm; sie bedachten die Pseudohochzeit mit frenetischem Beifall und verspeisten zum Nachtisch das Kleid, sodass am Ende, als alles von Annes göttlichem Körper abgepflückt war, nichts mehr von dieser Eheschließung für einen Abend übrig blieb. Nichts außer einer wunderbaren und verzuckerten Erinnerung. Erinnerungen, das war etwas, was der Zubial vor allem zu schenken verstand.

Was mir an Anne noch gefiel, war, dass ich durch sie die Freude am Beten entdeckte, zu einer Zeit, in der ich mich in einer großen Krise befand, die mich mit jedem Tag näher zu Gott hinführte. Wenn ich sie mittwochs traf, nahm sie mich jedes Mal mit nach Notre-Dame, wo wir dann Kerzen entzündeten und ich zu beten lernte, indem ich ihre inbrünstigen Worte wiederholte; danach gingen wir auf einen kleinen Imbiss zu ihr, und anschließend sang mir Anne Kirchenlieder vor, zu denen sie sich am Klavier begleitete ... einem Geschenk von Papa.

Der Zubial seinerseits war für Annes Mystizismus weitgehend unempfänglich. Lediglich drei Mal habe ich ihn in weihevoller Umgebung erlebt. Das erste Mal bei der Trauerfeier für den Nain Jaune, die ausgerechnet in der Kirche Sainte-Clotilde stattfand; das zweite Mal in den Kulissen der inzwischen abgerissenen Filmstudios von Boulogne. Dort drehte man einen wahnwitzigen Film, für den er das Drehbuch geschrieben hatte, eine völlig verrückte Sache, die beim Publikum nicht ankommen und von den Kritikern mit sarkastischen Äußerungen bedacht werden sollte: *Doucement les basses,* seinen persönlichsten Film, für den, weil das Drehbuch das so vorsah, die Kulisse einer bretonischen Kirche aufgebaut worden war.

Der Zubial hatte mich nach Boulogne mitgenommen und mir vom lieben Gott erzählt und von seinen Zweifeln. Als wir diese Kirche aus Polyester mit den aus Kork geschnitzten Weihwasserbecken – federleicht waren sie! – betraten, traf ich, wie ich mich erinnere, mit einem eigenartigen Geistlichen zusammen. Es war Alain Delon, der, als Priester gewandet, von der Kanzel in Form eines Schiffsbugs über Gott und die Frauen predigte und dabei den Text wiederholte, den Papa mir zuraunte. Wie gute Gemeindemitglieder haben wir uns auf eine Bank gesetzt, die um ein Haar zusammengekracht wäre, weil auch sie nur Attrappe war. Viel von dem hochtrabenden Gewäsch ist mir nicht im Gedächtnis haften geblieben, aber irgendwie war die Rede davon, dass man an seine Frau mehr glauben solle als an Gott. Das genau schien das Credo des Zubial zu sein ...

Wovor lief er eigentlich davon, dadurch dass er ständig und immer wieder das Leben inszenierte? Von welchem Abscheu versuchte er sich freizumachen? Welche Kümmernisse verbargen sich hinter seinem krampfhaften Bemühen, derart unbeschwert zu sein? Seine Schmerzen waren so groß, dass er sich weigerte, sie zu erdulden, und sich stattdessen unentwegt etwas vorgaukelte, um sein persönliches Schicksal zu ignorieren, so als ob seine wahre Natur unzureichend gewesen wäre. Das volle Ausmaß des Jardin-Syndroms ... Dieser Verzweifelte im wahrsten Sinne des Wortes fabulierte fröhlich vor sich hin, um vieles nicht zu spüren. Er malte die Wahrheit mit seinen Farben bunt an, um nicht daran zu ersticken, Teil der wirklichen Welt zu sein.

Und ich, bin ich denn so anders?

Bin ich dazu fähig, das Leben zu lieben, wie es tatsächlich ist?

Über zehn Jahre hinweg habe ich Bücher geschrieben, andere als dieses hier, mit dem ich seine durchaus vorhandenen Schwächen richtig werten und mich nebenbei rechtfertigen möchte. Meine Gefühle in den Griff zu bekommen, mir Eigenschaften, über die ich selbst nicht verfüge, auszudenken und meine Charaktere damit auszustatten, ersparte mir den Schmerz, nur der zu sein, der ich bin, dieser kleine Junge, der in Verdelot, kaum dass er mit Worten umzugehen verstand, in Panik geriet bei dem Gedanken, es niemals mit diesem vergötterten Vater aufnehmen zu können. Auch der Zubial hatte seinem Vater gegenüber, diesem Nain Jaune, der seine Gesprächspartner zu fesseln verstand, diese Angst gekannt. Wenn wir darüber hätten sprechen können, wäre es möglicherweise zu einer Verbrüderung gekommen, anstatt dass jeder von uns still vor sich hin gelitten und nach außen hin den Unbekümmerten gespielt hätte. Zurückhaltung nennt man das; für mich ist das mehr und mehr eine Verunsicherung.

Das dritte Mal, dass mein Vater in meinem Beisein eine Kirche besuchte, war an einem Nachmittag, zu seiner Trauerfeier, in der Horizontalen. Diesmal war die Kirche keine Attrappe. Der Pfarrer von Sainte-Clotilde war auch nicht mehr Delon, selbst wenn dieser einen Auftritt hatte und einen Text von Papa vorlas. Die Rolle des Geistlichen wurde von einem Freund des Zubial verkörpert, von einem mit Leib und Seele der Kirche verschriebenen Mann, der seine Soutane zu Recht trug und den mein Vater seinerzeit hatte dazu verleiten wollen, das Priesterseminar zu verlassen. Anne war da, inmitten der Menge, noch immer fassungslos über den Tod des Zubial; ich habe mich gefreut, dass sie an diesem Tag an seiner statt an Gott glaubte. Michel Audiard, der Dialogschreiber, beugte sich zu mir und vertraute mir mit seiner heiseren Stimme an:

»Da siehst du's, mein Kleiner, selbst mitten im August kriegt dein Papa die Kirche voll!«

Und er wischte sich die Tränen mit einem Kleenex ab, ehe er das Päckchen dem neben ihm Sitzenden hinhielt und sagte:

»Geben Sie's weiter ...«

Ich bin nach vorn gegangen, um neben der Platz zu nehmen, die sein Polarstern war, seine Pythia, seine Schwarze Jungfrau und sein Gott: meine Mutter.

Stets verharrte der Zubial in der Umlaufbahn meiner Mutter, auch dann noch, als er sich von ihrer Anziehungskraft befreit wähnte. Trotz all seiner Eroberungen war sie sein Mittelpunkt. Immer wieder erfuhr ihre Leidenschaft eine Neuauflage, unabänderlich. Und als er merkte, dass die Krankheit zusehends an seinen Kräften zehrte, war sie es, mit der er die ihm noch verbleibende Zeit verbringen wollte, auf dass ihre Geschichte nicht unvollendet bliebe.

Vor allem anderen war der Zubial ihr Ehemann.

Ich bin also nicht der Sohn eines Vaters, sondern eines Ehemannes, eines Mannes, der den Sinn für seine Erdenwanderung einzig und allein darin sah, seine Frau zu lieben, mit jeder Faser seines Herzens.

Meine Mutter verstand es, ihn mit sanfter Beharrlichkeit immer wieder zur Besinnung zu bringen; je mehr er sich ihr entzog, desto mehr verlor er sich. Sie ließ sich von den diversen Rollen als umtriebiger Charmeur, in die er schlüpfte, nicht an der Nase herumführen, billigte sie aber, weil er sich sonst ein für alle Mal aus dem Staub gemacht hätte. Oft habe ich miterlebt, wie sie ihn auf geschickten Umwegen dazu brachte, seine wahre Natur zu bejahen und das Gekünstelte ein wenig beiseite zu lassen.

Dennoch sei nochmals erwähnt, dass sie sich gern von seinen gefährlichen oder reizvollen Unternehmungen mitreißen ließ. Wenn wir in der Werkstatt in Verdelot am Basteln waren, habe ich mit dem Zubial mehr als einmal Szenen durchgesprochen, die er vorhatte, sie erleben zu lassen. Während wir also emsig an nutzlosen Gegenständen herumhobelten oder schmirgelten, half ich ihm, den romanhaften Spannungsverlauf der Stunden, die meine Mutter erwarteten, abzustimmen. Gemeinsam entwarfen wir Szenarien, Dialoge, listige Strategien, für mich eine Art Gesellschaftsspiel, das ich dem Monopoly vorzog; darüber hinaus erwarb ich mir auf diese Weise, ohne mir dessen bewusst zu werden, das Rüstzeug für meinen Beruf als Schriftsteller. Der Aufwand für unsere kurzen Stücke war die Intensität der Gefühle, die diese beiden Liebeshungrigen verband. Als Akteure fungierten, höchst lebensecht, meine Mutter und er.

Im Hotel hieß das Spiel, mit dem wir uns am liebsten die Zeit vertrieben. Die Regeln waren einfach. Wir, der Zubial und ich, malten uns seinen nächsten Aufenthalt mit meiner Mutter in einem eleganten Hotelkomplex aus, in dem er ihr alle möglichen ausgefallenen Schamlosigkeiten angedeihen lassen wollte, Phasen höchster Angst oder des Glücks. Zehn Tage oder einen Monat später legte der Zubial in der Werkstatt minutiös Rechenschaft ab, und gab sich nur dann zurückhaltend, wenn es das Taktgefühl gebot. Somit konnten wir unsere Erwartungen und die Wirklichkeit der Liebesszenen, die wir ausgetüftelt hatten, miteinander vergleichen. Das lange amouröse Abenteuer meiner Eltern war für mich ebenso aufregend wie ein guter Jules Verne, sogar noch aufregender, weil diese Erzählung interaktiv war. Mein Vater war mein Held, halb Kapitän Nemo, halb eine Byron-Gestalt.

Das Szenario dieses Spiels *Im Hotel* legte grundsätzlich fest, dass meine Eltern am Empfang eines Hotels, für gewöhnlich einem in der Normandie, vorsprachen, und zwar getrennt und im Abstand von einer Viertelstunde, um sich jeweils ein eigenes, unter falschem Namen vorbestelltes Zimmer zuweisen zu lassen. Von da an war alles erlaubt. Sie konnten tun, als wären sie sich noch nie begegnet, um sich leichter heimlich zu treffen, oder sich einen Spaß daraus machen, auf die eine oder andere, jedenfalls immer unterschiedliche Weise miteinander bekannt zu werden.

Später, sehr viel später erst, habe ich selbst Lust verspürt, dieses typisch jardinsche Spiel zu spielen, angestachelt von dem erregenden Gedanken, aufs Neue meine Frau zu erobern, die, der Jahreszeit entsprechend, eine braune oder rote Perücke getragen hätte, farbige Kontaktlinsen und ausgefallene Kleider, während ich mir von Cor de Chasse in Paris die entsprechende Garderobe geliehen hätte, um mich in völlig neuen Rollen zu beweisen. Ich hätte verschiedene Dialekte gesprochen, und mein Liebesverlangen wäre erwacht wie am ersten Tag.

Ich habe nicht gewagt, meiner Frau vorzuschlagen,

an dieses aus meiner Kindheit datierende eigenartige Ritual anzuknüpfen. Derlei Spielchen sind für sie zu unaufrichtig. Eine Neuauflage dieser Praktiken, die, wie sie wusste, auf den Zubial zurückgehen, hätte ihr nicht gefallen; wie andere Schokolade lieben, liebt es meine Frau, wenn ich mich so gebe, wie ich wirklich bin. Bestimmt hätte sie geargwöhnt, ich wollte vor mir selbst davonlaufen, und die äußeren Anzeichen hätten ihr Recht gegeben.

Woher kommt diese unserer Familie eigene Manie, als Theaterstück umzugestalten, was lebensecht sein könnte, so als misstrauten wir unseren Fähigkeiten zu improvisieren, als hätten wir kein Vertrauen zu uns selbst? Dabei spielen wir nur unsere wahren Gefühle aus, um sie zu vertiefen, sie unserer Natur anzupassen und ihnen ihre ganze Fülle zu geben. Vorzutäuschen, was wir nicht empfinden, wäre für uns eine Geschmacklosigkeit. Jeder pirscht sich eben auf seine Weise an sein wahres Ich heran ...

Das letzte Mal, als ich den Versuch machte, dieses *Im Hotel* mit meiner Frau – ohne sie einzuweihen – zu spielen, musste ich gerührt an meinen kauzigen Papa denken. Im Spiegel meines Zimmers in einem luxuriösen Hotel in Saint-Rémy-de-Provence forschte ich, während ich mich als einer aus dem hohen Norden Quebecs verkleidete, in meinem Gesicht nach einer Ähnlichkeit mit dem Zubial. Doch, ja, er war da, schimmerte in meinem Blick, lächelte durch meine Mundwinkel. Ich hatte ganz kurz das Gefühl, dass ich sein

Spiegelbild war und er derjenige, der davor stand. War ich es oder er, der sich gleich in die Halle dieses Hotels in der Provence hinunterbegeben und so tun würde, als sähe er meine Frau zum ersten Mal? War das er oder ich, der einen Quebecer Akzent nachahmen würde? Einen Augenblick lang befürchtete ich, meinen Auftritt zu verpatzen, sodass meine Anmache ins Leere laufen würde. Wenn ich schlecht war, konnte Hélène den Spaß durchaus als albern empfinden und ihn abwürgen. Dieser Schreck beflügelte mich und erinnerte mich daran, wer ich war und von wem ich abstammte. Der Zubial hatte ähnliche Befürchtungen bei ähnlichen Gedankenspielereien im Zusammenhang mit meiner Mutter weidlich genossen.

Als ich die Treppe hinunterging, fragte ich mich, ob wohl irgendwann einmal der Tag kommen würde, an dem ich aufhörte, Jardin zu sein, oder ob unsere Träume mich niemals verlassen würden. Ich ließ mir noch einmal die Szene, wie ich sie mir vorstellte, durch den Kopf gehen, wiederholte das, was ich zu sagen beabsichtigte, und als ich dann meine Frau am anderen Ende der Halle entdeckte, fiel mir siedend heiß ein, dass ich etwas Wichtiges vergessen hatte! Ich machte auf dem Absatz kehrt.

Zurück auf meinem Zimmer, wühlte ich meine Tasche durch und stellte entsetzt fest, dass ich meinen weißen Stock in Paris gelassen hatte. Damit war mein Auftritt von vornherein zum Scheitern verurteilt, hatte ich doch beabsichtigt, einen Blinden zu spielen und diese junge Frau – meine! – zu bitten, mir über das Wochenende ihre Augen zu leihen, mir erst die Umgebung zu beschreiben, die Vegetation, dann unser Äußeres und schließlich unsere aufkeimenden Gefühle. Die Abfolge der Szenen war festgelegt, mein Text angepasst, mein Rollenverhalten einigermaßen ausgefeilt. Was tun? In meiner Panik verfiel ich letztlich auf die Idee, auf ein Szenario des Zubial zurückzugreifen, das dem von mir entworfenen diametral entgegenstand.

In aller Eile glättete ich mein struppiges Haar mit Gel, klebte mir einen Schnurrbart unter die Nase, setzte die dunkle Brille auf, die ich mitgebracht hatte, und ein Käppi mit den Farben einer Hockeymannschaft aus Abitibi (Quebec). So ausstaffiert und in Klamotten, die ich zu Hause im Koffer gelassen hatte, konnte Hélène mich unmöglich auf Anhieb erkennen; außerdem wähnte sie mich den Nachmittag über in Marseille.

Ganz gelassen begab ich mich nach unten und ging auf die Mutter meiner Kinder zu, die in der Hotelbar einen Drink zu sich nahm. Sie blickte auf. Ich tat, als würde ich sie nicht bemerken, ging an ihr vorbei, kam wieder zurück und nahm schließlich am Nebentisch Platz. Weit davon entfernt, mich zu durchschauen, schien sie das zunächst peinlich zu berühren, dann zu amüsieren – die geräumige Hotelbar war wie ausgestorben, und ich musste mich fast auf Tuchfühlung zu ihr setzen! Eine halbe Stunde lang, in der sie in Zeitschriften herumblätterte, schien sie darauf zu warten, dass der Unbekannte, der ich war, etwas sagte, ein Gespräch anfing, weil ich mich doch ganz offensichtlich in ihre Nähe gesetzt hatte, um sie anzubaggern. Aber nein. Ich rührte mich nicht, beobachtete sie, wobei ich mir den Anschein gab, eine Tageszeitung zu lesen, begnügte mich damit, hin und wieder eine Olive auf ihren Tisch zu schnipsen, um ihre Aufmerksamkeit zu erregen, vertiefte mich wieder in meine Zeitung, die mich, da ich sie ausgebreitet vor mich hielt, recht gut abschirmte.

Es machte mir einen Heidenspaß, sie heimlich zu studieren, wobei ich zu erforschen suchte, was ich an ihr gewöhnlich nicht mehr wahrnahm. Was zur Folge hatte, dass ich auf diese gleich bleibende Entfernung hin mehr Anzeichen von Frustrationen entdeckte als in vielen Monaten ehelichen Zusammenlebens. Indem ich ihre Physiognomie entschlüsselte, bemühte ich mich, ihr Wesen zu erforschen, ihre Bedürfnisse und Neigungen, alles, was sie mir verschwieg und was ihr Körper verriet. Dem turbulenten Alltag entflohen, war ich endlich mit ihr zusammen, in Begleitung dieses nur scheinbar zu durchschauenden Wesens.

Gelegentlich musste ich daran denken, was mir der Zubial über ein solches Wochenende mit meiner Mutter berichtet hatte. Einzelheiten fielen mir wieder ein, und mit einem Mal meinte ich verrückt zu werden, weil mir klar wurde, dass das Zwiegespräch mit den Verstorbenen eine Einbahnstraße ist! Das Band, das ich zwischen meinem Vater und mir weiterspann, existierte lediglich in meinem kranken Hirn, dem Hirn des frühzeitig entwöhnten Sohnes.

Umso mehr trieb es mich, dieses Buch zu schreiben und unsere Beziehung, die mir noch immer wie ein Traum vorkommt, wahrheitsgemäß aufzuzeichnen. Dieser Text sollte für mich so etwas wie eine Vaterschaftsanerkennung sein, die ich mit seinem Namen – Jardin – zu unterschreiben gedachte. Es kam mir darauf an, meinen Vater dort wieder zu finden, wo sich für mich mehr Wahrheit widerspiegelt als in der Welt der Emotionen: in einem Stück Literatur. Dort, im Schutze der Worte, wusste ich, dass ich zu meinen echten Gefühlen finden konnte, dass meine Schwächen zwangsläufig zu Tage treten würden. Im Grunde war es nicht seine Gegenwart, die ich wieder herstellen wollte, sondern seine Abwesenheit, die vielleicht zu seinen Lebzeiten noch bedeutsamer war.

Gewiss, ich war oft mit dem Zubial zusammen; dieses Buch kündet davon. Aber es war der Sohn des Nain Jaune oder der Liebhaber meiner Mutter, der mich auf seinen Streifzügen durch Paris mitschleppte. Ein Mann, der die Frauen liebte, von denen ich in unserer Werkstatt in Verdelot erfuhr, oder auch Pascal Jardin, den man in den Restaurants begrüßte, die er mir zeigte, um uns zu zeigen. Mein Vater hatte stets die größten Schwierigkeiten, mir gegenüber als Vater aufzutreten. Diese Rolle entsprach einfach nicht seinem Wesen. Falls sie von Bedeutung für sein Ego war, hat sie doch seine Bedürfnisse nicht befriedigt. Andererseits hat er mir so viele Träume hinterlassen, so viele Fragen, dass ich mir manchmal vorkomme, als hätte ich geerbt.

Ist ein freudloses Leben zu ertragen? Einen Tag nach seinem Tod stelle ich fest, dass die nicht länger von seinen launigen Einfällen verklärte Wirklichkeit für mich eine Strafe ist. Mit meinen fünfzehn Jahren empfinde ich es mit einem Mal als Unglück, auf der Welt zu sein. Jäh verstummt in Verdelot das übermütige Gelächter, entschwinden seine kostspieligen Mätressen, seine Zirkusmenagerie, ist es vorbei mit seinen Erfindungen und der überschäumenden Fröhlichkeit, mit der er alle ansteckte, wenn wir wie Alchimisten in der Küche herumhantierten oder das Gemäuer des Hauses absuchten nach einem verborgenen Schatz.

Das letzte Mal, dass ich Claude Sautet zu Lebzeiten des Zubial in Verdelot antraf, befand er sich in einem riesigen Krater auf dem Hof, wo er, angestachelt von den wahnwitzigen Vermutungen meines Vaters, wie ein Besessener mit einer Hacke das Erdreich bearbeitete. Am Rande der Grube stand mein Vater im Morgenrock und darüber einem Katzenfell und beschwor ihn, nicht nachzulassen, dies sei garantiert der Ort, an dem die Priore der Abtei die Früchte des Zehnten aus fünf Jahrhunderten vergraben hätten. Und Claude hackte drauflos. Mit Blasen an den Händen schuftete er im Sinne des Zubial weiter, angesteckt von dessen Begeisterung.

Nicht weit davon entfernt, vor der Küche, brieten unter den verdutzten Blicken meiner Klassenkameraden zwei ehemalige Liebhaber meiner Mutter Straußenkeulen.

Worauf beruhte eigentlich diese unglaubliche, zubialeske Fröhlichkeit, die alle Welt verzauberte? Diese Flut, die allen Kummer hinwegschwemmte, Melancholiker jeder Art mitriss und auch den Schüchternsten dazu bewog, aus sich herauszugehen? Seine Gegenwart vermochte in jedem den Hang zum Extravaganten und zum Feiern zu wecken.

Ich erinnere mich an unseren Besuch der Loire-Schlösser. Er mietete drei Heißluftballons an sowie, um am Himmel Kontakt zu halten, ebenso viele Megaphone, wie man sie bei Dreharbeiten verwendet. Bis wir tags darauf von Chenonceaux aus aufstiegen, blieb Zeit, das Zubehör zu beschaffen, das sich auf unserer Reise als nutzlos herausstellen sollte: Höhlenforscherlampen, eine Fliegerkluft, die einem Saint-Exupéry zur Ehre gereicht hätte, Mickymausohren für die Kinder, ein mit allem Pipapo ausgestattetes Schutzzelt für den Fall, dass wir gezwungen wären, in der Tourainer Savanne ein Biwak aufzuschlagen, die eine oder andere Waffe, um die weiblichen Expeditionsteilnehmer zu beschützen, Proviant in Hülle und Fülle, Zitronen als vorbeugende Maßnahme gegen Skorbut, sollten wir durch Aufwinde in der Luft verharren müssen, fünf Fernrohre und, um unsere Landeposition zu vermelden, zwei Brieftauben. Zwei, weil er es hübscher fand, ein Pärchen loszuschicken. Zu guter Letzt mussten noch jede Menge Kissen eingepackt werden, Ziegenfelle, angeblich der beste Schutz gegen eisige Kälte, sowie Fäustlinge in verschieden dicker Ausführung.

Derart gewappnet erschienen wir eines Samstagmorgens in Begleitung eines überaus berühmten Schauspielerpärchens, des Klempners aus Verdelot, der uns als Maschinist dienen sollte, eines glatzköpfigen Schriftstellers und Dialogschreibers, einer Malerfreundin, deren Aufgabe es war, von unserer Odyssee ein paar Skizzen anzufertigen, sowie einer kleinen Kinderschar, darunter ich. Der Regisseur Philippe de Broca, ein begeisterter Luftschiffer, hatte sich ebenfalls angeschlossen, stieg aber in seinen eigenen Ballonkorb. Meine Mutter und die Mätressen des Zubial waren im Hinblick darauf, dass wir im Garten einer wunderschönen Frau landen würden, für nicht teilnahmetauglich befunden worden. Der ewig Verliebte verstand es, sich Freiräume zu verschaffen.

Ich war in Zubials Ballon gestiegen, der aus gegebenem Anlass in *Nautilus* umgetauft worden war. Papa vertraute mein Wohl unserem Piloten an, einem Mann aus dem Anjou, der sich weigerte, die ihm überreichte Lederkappe aufzusetzen. Obwohl mein Vater genau wusste, dass dieses ganze Drumherum die Schlösser an der Loire nicht märchenhafter machen würde, wollte er jeden Moment, jede Situation auskosten, als etwas Außergewöhnliches erleben und feiern.

Wir überflogen Wälder mit sich paarendem Wild, Obstgärten in Hülle und Fülle, eine nichts ahnende

Hochzeitsgesellschaft, unzählige von gepflegten Weinbergen umgebene Herrschaftshäuser, eine heile Welt, die sich zu unseren Füßen ausbreitete. Eine Zigarre paffend, erklärte mir der Zubial, dass das, was wir hier sähen, Frankreich sei, das wahre Frankreich, dessen ausgefeilter Sprache wir uns bedienten, um voll und ganz unserer Freude Ausdruck zu verleihen, der Sinnlichkeit zu leben. Daneben verteufelte er den Hang zum Unglücklichsein, der unseren Mitmenschen zu schaffen machte, haderte mit sich selbst und erklärte, dass wir anderen Franzosen dazu bestimmt seien, mit den Frauen zu schäkern und keine Steuern zu zahlen.

Die drei Gondeln trieben bereits seit einigen Stunden, in denen der Zubial mithilfe seines Megaphons mit den anderen Ballons den Sprechkontakt aufrechterhielt, zwischen den Wolken dahin, als ein zauberhaftes schneeweißes Schlösschen sichtbar wurde. In einer Parkanlage im französischen Stil spielten sieben junge Mädchen, die allesamt rothaarig waren und von de Broca durch das Fernrohr als Schwestern ausgemacht wurden. Da die Kommunikation von Ballon zu Ballon per batteriebetriebenen Megafonen erfolgte, dürften unsere Gespräche mit Sicherheit von den Erdenmenschen gehört worden sein. Die Aufregung war riesig. Wir beschlossen, festen Boden unter die Füße zu bekommen.

Als der Leitballon, bereits unterhalb der Fenster des Schlosses, zur Landung ansetzte, riss der Zubial plötzlich die Hebel herum, und wir gewannen wieder an Höhe. Dieses Manöver erfolgte unter dem Vorwand, dass die Mädchen, aus der Nähe betrachtet, den Aufwand nicht lohnten. Der wirkliche Grund war, wie er mir später gestand, dass diese hübschen Dinger Traumgestalten bleiben sollten, eine übersinnliche Begegnung, etwas, um unsere Fantasie anzuregen und ihn über Frauen, die tatsächlich seinen Weg gekreuzt hatten, hinwegzutrösten, um zu schreiben.

Wann immer an jenem Tag die Rede vom Landen war, weigerte sich der Zubial standhaft, nahm Zuflucht zu allen möglichen Ausreden. Ich glaube, dass das Überschweben dieser unantastbaren Frauen ihn mehr als alles andere faszinierte. Durch das Fernrohr musterte er diese Geliebten, die ihm niemals Kummer bereiten würden, diese seiner Vorstellung nach treuen Ehefrauen, diese unerfüllten Affären, von denen er anschließend erzählen konnte, ohne ihnen ihre Unschuld zu rauben.

Und genau so geschah es. Am selben Abend kamen wir nach Hause zurück, ohne unsere Überlebensausrüstung überhaupt ausgepackt zu haben, ohne irgendwo gewesen zu sein als hoch oben bei den Vögeln. Kaum hatte der Zubial Bodenberührung, ließ er sich schwelgerisch darüber aus, welche Bereicherung dieses ereignislose Abenteuer doch für uns gewesen wäre. Die sieben Rothaarigen wurden zu den *vierzehn Arschbacken,* wir seien, wie könnte es anders sein, berauscht von ihren herrlichen Körpern und was sonst noch alles.

Je häufiger er von dieser Rundreise schwärmte, desto mehr wurde geflunkert; hin und wieder erkühnte ich mich, etwas dazuzudichten, was auf meinem eigenen Mist gewachsen war. Wenn ich nicht irre, stilisierte ich die jüngste dieser sieben Rotschöpfe eine Zeit lang sogar zu meiner ersten großen Liebe hoch. Unsere Ballonfahrt ging in unsere eigene Geschichte ein, wurde aufregender, als sie gewesen war, plastisch, da verbrämt mit allen Attributen des Ungewöhnlichen und Abenteuerhaften. Übrigens kann es auch heute noch vorkommen, dass ich sehnsüchtig an die *vierzehn Arschbacken* zurückdenke ...

Die Freude, sich mitzuteilen, die den Zubial auszeichnete, war durchdrungen von einer seltsamen Unwirklichkeit, weil er alles mit der Elle seiner Fantastereien und seiner Vorliebe für unwahrscheinliche Situationen zu messen pflegte. Wenn er die Unwahrheit sagte, dann nur, um *seine* Wahrheit auszudrücken, selten in eigennütziger Absicht, niemals, um sich zu verstecken. Dennoch, und das war nicht das Paradoxeste an ihm, war mein Vater ein Mensch aus Fleisch und Blut. Sein Anspruchsdenken, das er von seiner Mutter hatte, hielt ihn in der Wirklichkeit fest, stand seinem träumerischen Wesen im Wege. Seine vielfältigen Bedürfnisse machten ihn zu einem exzellenten Koch, zu einem hingebungsvollen Tänzer, fanatischen Tischler und einzigartigen Masseur. Wenige Intellektuelle haben auch mit dem Körper so intensiv gelebt wie er.

Mit dem Zubial ausgiebig zu schlemmen war ein Fest. In Verdelot hatte er zusammen mit Liebhabern meiner Mutter eine geräumige Küche eingerichtet, die bestückt war mit allen möglichen, von befreundeten Handwerkern eigens für ihn gefertigten Geräten: Dampfmaschinen aus Bambus, Eierkochern aus Bimsstein, Salzöfen, Bratenwendern für Frösche, Tomatenzerkleinererern, die Fruchtfleisch und Kerne trennten, jeder Menge eigener Vorrichtungen zum Dämpfen der unmöglichsten Gerichte, batteriebetriebenen Apparaten zum Gefriertrocknen von Gemüse, Obstfrischhaltern, Messern mit bizarr geformten Schneiden, Tranchierbestecken in allen Größen, einer Destillierretorte zur Gewinnung von Alkohol aus Johannisbeeren, Lauch, Steuererklärungen etc., wobei der zuletzt erwähnte alkoholversetzte Absud auf der Basis einer Marinade aus Mahnungen des Finanzamts ihm ganz besonders mundete. Die Gerätschaft insgesamt war an der Decke befestigt, an Rollen, deren Seile sich wie ein großes Spinnennetz über die Küchendecke zogen. Man stelle sich ein kulinarisches Laboratorium vor, in dem dieser leidenschaftliche Esser sich austobte, um zu verführen, sowohl andere wie sich selbst; in dieser Rolle des alchimistischen Kochs gefiel sich der Zubial ungemein, während meine Schwester, meine Brüder und ich als Handlanger fungierten.

Seine Gäste pflegten am Tischende Platz zu nehmen und die niederen Arbeiten zu verrichten. So habe ich dort manch einen seiner Regisseure sitzen und Johannisbeeren entstängeln sehen oder dicke Karpfen schuppen, die Jeanine angebracht hatte, unsere Haushälterin, die laut zeternd das Treiben meines Vaters verfolgte.

»Nein, Monsieur Jardin, ein Kalbsbraten gehört in die Bratröhre!«

Die große Überraschung dabei war, dass das, was der Zubial kochte, köstlich schmeckte. Von seiner Mutter hatte er den ungemein sicheren Geschmack, der durch häufige Besuche in erstklassigen Restaurants vervollkommnet worden war und von einem erstaunlichen Gaumen dirigiert wurde, einer Art Gewürzradar, der seine Kochexperimente leitete.

Einmal hatte der Zubial ein Stück von einem Meereskrokodil geschenkt bekommen, ein gewaltiges Schwanzende, dessen Zubereitung ihm Kopfzerbrechen bereitete. Jacques Brel hatte es ihm von den Marquesas-Inseln geschickt, versehen mit der elliptischen Bemerkung: *Alles ist genießbar ... Jacques.*

Zwei Stunden lang riefen wir alle möglichen Küchenpäpste an, um uns von ihnen aufklären zu lassen, was allerdings in diesem speziellen Fall nichts erbrachte. Kein Fachmann wusste genau zu sagen, wie mit dem Prachtstück von Dichterschwanz zu verfahren war. Sollte man ihn in kochendes Wasser schmeißen? Ihn braten? In Scheiben schneiden? Das Krokodil mit holländischer Soße auf den Tisch bringen? Diese Momente, in denen keiner weiterwusste, waren für den Zubial ein Fest. Dann schien er in seinem Element zu sein, reizten ihn im Grunde doch nur Situationen, die ein Verhalten jenseits aller Regeln herausforderten. Dennoch beschlossen wir, das riesengroße Stück Reptil erst einmal einzufrieren.

Als Brel dann starb, wagte der Zubial nicht, den Schwanz zu essen. Jedes Mal wenn wir den Tierfkühlschrank öffneten, war uns, als blickten wir auf einen Teil des Dichters selbst, der da in diesem eisigen Sarkophag ruhte. Meine Mutter unternahm mehrere Anläufe, den Schwanz zu entsorgen, behauptete, dieses blutunterlaufene Fleisch sei zum Verzehr völlig ungeeignet. Was den Zubial jedes Mal zu der Bemerkung veranlasste, dass, wenn die Mammuts sich bis in unsere Tage in der sibirischen Eiswüste gehalten hätten, dieses Krokodil von den Marquesas-Inseln sich gut und gern noch ein paar Jahre gedulden könne.

Und dann starb auch mein Vater. Als ich danach zum ersten Mal wieder in Verdelot war, griff mir der Anblick seiner Küche ans Herz. Wer vermochte diesen surrealistischen Ort je wieder zum Leben erwecken? Wem sollten fortan diese Apparate für kulinarische Experimente dienen? Wie um mich gegen den Kummer meiner fünfzehn Jahre aufzulehnen, beschloss ich, sie ein letztes Mal zum Einsatz zu bringen und den Reptilienschwanz zuzubereiten.

Einen ganzen Vormittag lang haben wir, meine Brüder und ich, damit zugebracht, ein Krokodilragout auszutüfteln. Lachend und weinend setzten wir diese absurde Maschinerie in Bewegung, und als alles fertig war, zerteilte unsere Mutter höchstpersönlich das Meeresungeheuer. Der Platz des Zubial blieb leer. Auch der gummiartige Schwanz schmeckte noch schauderhafter durch seine Abwesenheit. Aber niemand wagte zu äußern, dass er ungenießbar war. Jeder kaute bis zum letzten Bissen auf seiner Portion herum.

Wir wurden alle krank; um ein Haar hätte es diesmal mich getroffen abzutreten, derart vergammelt war das Fleisch des Dichters. Aber was tut man nicht alles, um die Bande fortbestehen zu lassen, die uns am Leben erhalten?

Was ist mir vom Zubial geblieben, siebzehn Jahre nach seinem Verschwinden? Ein einziger Gegenstand: ein etwas merkwürdiger Tennisschläger, den er selbst gebastelt hat aus dem zu einem windschiefen Kreis gebogenen Ast eines Pflaumenbaums. Die mehr schlecht als recht eingezogene Nylonbespannung macht, weil sie so ungleichmäßig ist, den Einsatz zu einem Glücksspiel. Diesem seiner Meinung nach ausgefallenen Geschenk des Zubial zu meinem siebten Geburtstag lag eine Visitenkarte bei, auf deren Rückseite er geschrieben hatte: *Schläger für verrückte Ideen. Papa.*

Befürchtete er, dass das Zeitalter der Vernunft meinen ganz persönlichen Vorstellungen, meinen Träumen, die zu wecken er so viel beigetragen hatte, den Garaus machen könnte? Dieser Schläger war sein Vermächtnis, das, was er für mein Erdendasein als notwendig erachtete, ein spezielles Instrument, um die Meinungen, mit denen man mich bombardieren würde, mit umgekehrten Vorzeichen zu parieren, ein Schläger, der dazu dienen sollte, die Kontrolle über allzu berechnende Schläge zu verlieren, ein Anreiz zu unvorhergesehenen Richtungsänderungen.

Heute, da ich vom Alltagstrott beherrscht werde

und Hemmungen habe, ganz ich selbst zu sein, betrachte ich diesen *Schläger für verrückte Ideen* als Herausforderung, deren Anspruch mich erschreckt. Wieso hatte er keine Angst davor zu sein, was er sein wollte? Wie hat er es fertig gebracht, sich niemals Grenzen zu setzen?

Stellen Sie sich vor, Sie wären er. Stellen Sie sich vor, Sie nähmen sich ab sofort das Recht heraus, wahnsinnig glücklich zu sein. Ja, stellen Sie sich eine Sekunde lang vor, Sie würden nicht länger von Ihren Ängsten gegeißelt und stünden zu Ihren wahnwitzigen Widersprüchen. Stellen Sie sich vor, ab jetzt bestimmten Ihre Wünsche Ihr Leben, Sie wären wieder fähig zu spielen, sich dem hinzugeben, was der Augenblick beschert. Stellen Sie sich vor, Sie könnten plötzlich leichtsinnig sein, was nicht frivol bedeutet. Stellen Sie sich vor, Sie wären unendlich frei, Sie hätten die Sie einengende Rolle hingeschmissen, die Sie meinen, sich in Gesellschaft aufbürden zu müssen. Dass es Ihnen völlig egal ist, wenn andere die Nase über Sie rümpfen. Stellen Sie sich vor, Sie hätten es endlich geschafft, all den Rollen, die in Ihrem Unterbewusstsein schlummern und die Sie schon immer verkörpern wollten, zum Durchbruch zu verhelfen. Stellen Sie sich vor, Ihre Fähigkeit, sich hinreißen zu lassen, sei vollkommen und ein nie gekanntes, heftiges Verlangen wecke tausend unterdrückte Wünsche in Ihnen und ebenso viele ungestillte Hoffnungen. Stellen Sie sich vor, Sie wären so vernünftig, endlich unvernünftig zu sein. Stellen Sie sich vor, das Überspringen von Fallgruben auf Ihrem Weg bereitete Ihnen nur noch Freude.

Das alles hieße, der Zubial zu sein.

Wie hat er das sechsundvierzig Jahre durchgehalten?

Um einen Zubial abzugeben, bedurfte es einer Familie außerhalb der Normen. Sein Vater Jean Jardin, genannt der Nain Jaune, war ein Mann, der im Verborgenen Einfluss ausübte. Stets damit beschäftigt, in den Privatsalons des politischen Lebens zu intrigieren und das Verhalten derer, die ein hohes Amt bekleideten, zu beeinflussen, überwachte er herzlich wenig die Erziehung dieses quirligen Sohnes, überließ ihn viel zu schnell ganz der außergewöhnlichen Mutter, die den Jungen vergötterte.

Meine Großmutter Simone Jardin, von ihren Enkeln Moutie genannt, ist der Grund für die Zuchtlosigkeit unserer Familie. Sie ist der eigentliche Schriftsteller unseres Stammes, auch wenn sie sich nur in Form von Briefen mitteilte. In allem hatte Moutie ihren eigenen Stil – seit 1920 nähte sie sich ihre Kleider selbst, nach ihrem höchst eigenwilligen Geschmack, den sie als *chic* bezeichnete –, auch und gerade in sprachlichen Angelegenheiten. Bei ihr war ein Leiden unweigerlich *unergründlich,* eine Begegnung *überwältigend,* eine Liebe *unheilbar;* wenn nicht, war es die Mühe nicht wert, darüber ein Wort zu verlieren.

Jeden Morgen pflegte die eigenwillige Madame Jardin zum Telefonhörer zu greifen, um sich bei ihren Lieferanten zu erkundigen, was an frischer Ware eingetroffen war. Selbst zu erscheinen erachtete sie als überflüssig; sie ließ sich *ihre Fleischbestellungen* ins Haus schicken, desgleichen *ihre Arzneien,* was ein Schächtelchen Aspirin sein konnte – sie zog dem Singular gern den Plural vor. Ihre Wünsche waren umgehend auszuführende Befehle. Ihre Meinung war maßgeblich für alle, allein ihr Wille definierte den Rahmen der Wirklichkeit, die sie nie akzeptierte, wenngleich hin und wieder tolerierte, ohne sich indessen mit ihr abzufinden. Seit 1976, nach dem Tod ihres Mannes und Blitzableiters, der alles Unangenehme von ihr fern gehalten hatte, musste sie selbst ihre Rechnungen bezahlen und staunte nicht schlecht darüber, um wie viel der Preis für Kalbfleisch seit 1932 gestiegen war.

Wenn das Leben in ihren Augen nichts zu bieten hatte, tauchte sie in ihre Scheinwelt ab. Bei Tisch kam man auf ein für sie viel zu banales Thema zu sprechen oder auf eins, das sie langweilte? Dann sah sie auf der Stelle durch einen hindurch, fing an zu pfeifen und starrte in die Luft, egal ob man ihr Enkel war oder der Premierminister von Charles de Gaulle. Fing man aber an, von Rilke oder von Giraudoux zu sprechen, so wurde man mit einem Nachschlag belohnt. Als sich eines Abends beim Essen das Gespräch zwischen dem Nain Jaune und einigen überaus Mächtigen der Welt um Politik drehte, hatte sie sich ausgeklinkt und war eingenickt und prompt mit dem Gesicht im Suppenteller gelandet! Ihr Kammerdiener hat mir anderntags davon berichtet, noch immer entgeistert darüber, dass sie trotz der Ermahnungen des Nain Jaune rückfällig geworden war. Zum dritten Mal, dass sie sich so etwas geleistet hatte. Ein Polizist sprach sie auf der Straße an? Sie antwortete ihm erst gar nicht, weil sie keine andere Autorität anerkannte als die ihrer Begehrlichkeiten.

Eines Tages hatte sie beschlossen, sich ein Stück Garten ihrer Nachbarin unter den Nagel zu reißen. Als mein Bruder Frédéric es ablehnte, der Eigentümerin mit dem Stock eins überzubraten, damit sie gehorchte, schlug sie ihm die Tür vor der Nase zu und schrie:

»Es gibt keine Männer mehr! Es gibt keine Männer mehr!«

Als mein Onkel Gabriel daraufhin brüllte, ein gewisser Sinn für Gerechtigkeit sei nun mal unerlässlich, wurde die Tür wieder aufgerissen, und Moutie erklärte:

»Gerechtigkeit lasse ich nur walten, wenn es darum geht, die, die man liebt, zu verteidigen!«

Und wieder knallte sie die Tür zu.

So war sie nun mal, die Mutter des Zubial, die von 1905 bis 1996 ausnahmslos ihren Launen zu leben verstand und es aufs Schärfste missbilligte, wenn sich die Wirklichkeit ausnahmsweise einmal nicht darauf einließ. Verstandesmenschen mögen in ihr ein Mahnmal des Egoismus sehen; sie haben nicht Unrecht. Allerdings besaß sie ihn in einem Maße, dass man schon wieder von einer ethnologischen Besonderheit sprechen konnte. Jedenfalls war es etwas Außergewöhnliches, diese Frau zu erleben, die ohne falsche Rücksichtnahme ihr Leben gestaltete.

Meine Großmutter lebte in der Schweiz, am Genfer See, und verließ ihr Grundstück so gut wie nie. Nicht einmal einen Personalausweis besaß sie, selbstbewusst wie sie war. Sie hatte keine Schwierigkeiten, jeden Zweifler von ihrer Existenz zu überzeugen. Sobald man das Gittertor ihres Parks passierte, verließ man das Schweizer Territorium und betrat eine ganz eigene Welt, die verrückte jardinsche.

La Mandragore, so der Name ihres Hauses, war ein Ort, an dem nur eine Währung galt: auf die Spitze getriebene Absonderlichkeit. Keine Modeerscheinung machte sich hier breit, nichts, was draußen gang und gäbe war, schlug hier Wurzeln. Arbeit war für Moutie etwas Schreckliches, weil sie, wie sie es so herrlich begründete, die Männer von den Frauen fern halte. Von der Notwendigkeit, den Lebensunterhalt sicherzustellen, hielt sie wenig; ständig warf sie dem Nain Jaune vor, seine Zeit mit Geldverdienen zu vergeuden, zollte ihm niemals Anerkennung dafür. Das Christentum war in ihren Augen eine Abnormität, der Kapitalismus ein Geheimnis, die Polizei ein Anachronismus, Lohnzahlungen stellten ein missliches System dar, die Sozialversicherung blieb ein Rätsel. Alles, worüber die Zeitungen berichteten, war aus ihrem Universum verbannt; sie las sie erst gar nicht. Es war eher ein Zufall, wenn sie dahinterkam, dass Mitterrand Giscard abgelöst hatte. Umso betroffener vermochte sie eine Anmerkung aus der Feder von Aragon zu machen, sie las alle lateinamerikanischen Autoren, deren Werke ins Französische übersetzt wurden, empörte sich über eine Sinnentstellung, durch die die Prosa ihres Liebhabers Paul Morand, den der Nain Jaune einige Jahre zuvor mit Revolverschüssen aus La Mandragore gejagt hatte, besudelt wurde.

Bücher waren für Moutie Berichte über das wahre Leben, Romane versorgten sie mit dem, was sie brauchte, mit auf sie zugeschnittenen wohligen Schauern, öffneten ihr die Türen zu neuen Erkenntnissen; ständig scharten sich irgendwelche Schriftsteller um sie, zu sehr auf Tuchfühlung nach Ansicht ihres Mannes.

Bei ihr traf man niemanden, der nicht in erster Linie eine Ausnahmeerscheinung war. Zum Frühstück tauchten die unwahrscheinlichsten Gestalten auf, ein veritabler menschlicher Zoo, für mich ein unvergessliches Erlebnis: ein militanter Umweltschützer, der immer barfuß lief und von Berufs wegen Spinette fertigte; ein ungestümer Rabbiner, der seine Zuhörer als Häretiker abtat; ein bekannter Pariser Verleger, der masturbierenderweise Ablenkung von seiner Homosexualität suchte; ein ständig schwitzender Vertreter der Universität von Quebec, der eine ebenso heftige wie platonische Liebesbeziehung zu einer indischen Prinzessin unterhielt; junge Mädchen, denen man Eigenschaften entsprechend ihrer Schönheit zuschrieb; ein bulgarischer Gewerkschaftler, der sich von meiner Großmutter die Füße massieren ließ; der Berichterstatter eines Magazins der gehobenen Gesellschaft, der dem Opium verfallen war und zwischendurch – dann pumpte er seine Hündin mit Drogen voll – frei erfundene erotische Bekenntnisse verfasste, um sich über das stürmische Liebesverhältnis mit seiner eigenen Schwester hinwegzutrösten; ein Agent des KGB, dessen Haarpracht einem abgewetzten Teppich glich und der nicht müde wurde darauf hinzuweisen, dass die Finanzierung der politischen Parteien Frankreichs sichergestellt sei, wenn man die Rücklagen der Unternehmer anzapfe; abgehalfterte Minister, die sich vom schicksalhaften Ausgang an den Wahlurnen dadurch entschädigten, dass sie mit der Nachbarin herumhurten; ehemals wohlhabende Bankrotteure – ein Sammelsurium von Leuten, über die meine Großmutter kein böses Wort verlor.

In diesem quasi fiktiven Universum nun wuchs der Zubial auf und entfaltete seine Begabungen. Durch die Kriegswirren war ihm eine normale Schulausbildung versagt geblieben, seine anarchistischen Neigungen hätten sich damit auch kaum vereinbaren lassen, sodass er schließlich mit sechzehn Jahren und der Billigung seiner Mutter als Fast-Analphabet dastand. Als ich Moutie einmal fragte, ob sie sich deswegen keine Sorgen gemacht hätte, erwiderte sie:

»Mein Schatz, dein Vater hat sehr viel wichtigere Dinge gelernt als die Beherrschung der Rechtschreibung ...«

Und tatsächlich war derartiger Ballast nicht unbedingt vonnöten, um im jardinschen Universum dahinzutreiben. Überflüssig auch, die Schriftsteller zu lesen; bei Tisch Giraudoux zu hören genügte, um mit dessen geschliffener Sprache vertraut zu werden. Sich mit Philosophen auseinander zu setzen war ein Sport, den man im Boot auf dem Genfer See betrieb oder auf Wanderungen im Gebirge, auf den Spuren Rousseaus. Die Hochschulreife war Mouties Ansicht zufolge nur wichtig für die, die von einer Karriere träumen und nicht ihrer Bestimmung folgen. Wenn mich der Zubial nach der Schreibweise eines Wortes fragte und ich es ihm sagte, bedachte mich meine Großmutter mit einem mitleidsvollen Blick, so als gehörte ich einer Gattung an, für die man sich schämen müsste. Im Grunde ihres Herzens war sie tieftraurig, dass mich meine Mutter zu einer gründlichen und viel zu einengenden Schulausbildung verdonnert hatte, die in ihren Augen nur den Blick für das große Ganze einschränkte und Akademiker hervorbrachte, die nicht mehr als das wissen, was ihnen eingetrichtert wurde.

Als der Zubial mit fünfzehn Jahren Gigolo wurde, war seine Mutter hocherfreut und beglückwünschte sich, dass die Vorsehung ihrem Sohn eine solche Wegbereiterin in die Arme getrieben hatte. Ein Jugendfreund meines Vaters, der damals mit dem Chauffeur der Dame ein Verhältnis hatte, erzählte mir eine erhellende Geschichte über die Art der Beziehung zwischen dem Zubial und seiner Mutter.

Im Verlauf eines seiner ausufernden Empfänge, die der junge Pascal in seinem Schweizer Petit Trianon gab, suchte man ihn überall. Er und Clara waren verschwunden. Erst als es an der Zeit war, sich zu Tisch zu begeben, tauchten die beiden wieder auf, noch ganz verklärt von dem, was sich im Geheimen zwischen ihnen abgespielt hatte. Clara hatte kaum Zeit gefunden, ihre Frisur wieder in Ordnung zu bringen. Der Freund, der neben dem Zubial am Tischende saß, beugte sich zu ihm und sagte:

»Pass auf, wenn du aufstehst, du hast Lippenstift am Hosenschlitz ...«

Worauf mein Vater antwortete:

»Unwichtig, außer Maman hat es keiner bemerkt!«

Moutie tolerierte die Seitensprünge ihres Sohnes nicht – sie begünstigte sie aus Sorge, seine Jugend würde sonst viel zu normal verlaufen. Ebenfalls höchst angetan war sie, als er mit achtzehn seine reiche Mätresse sitzen ließ, die Ringe und Dutzende von Hemden zurückgab, um als Arbeiter in einer Papierfabrik im Zentralmassiv anzufangen. Diese abrupte Kehrtwendung ließ sie in ihm ihr eigenes Blut wieder erkennen. Dass der Zubial sich wirklich einmal als Arbeiter verdingte, haben ihm viele nicht abgenommen, aber ich kann nur wiederholen: Das Unwahrscheinliche war für ihn das Normale.

Diese harten Jahre für einen Sohn aus gutem Hause, der schottischen Zwirn liebte und edle Weine, waren eine Art Fegefeuer. Im Schatten einer Fabrik, in der zu schuften ihn anwiderte, erhielt sein Charakter den letzten Schliff, wurde seine klare Absage an die bestehende

Ordnung ein wesentliches Merkmal seiner selbst. Weit davon entfernt, politisch nach links abzudriften, verwarf er seine Ansichten als junger Mann der Rechten, um sich auf einen dreiblättrigen Anarchismus einzulassen und sich gegen jede hierarchische Rangordnung zu stellen. Seine Ansichten, ob politisch oder auf anderer Ebene, waren eher von rückhaltlos geäußertem Widerwillen geprägt oder von überschäumender Begeisterung denn von klar umrissenen Vorstellungen. Dass er nicht unbedingt ein Intellektueller war, wurde dadurch aufgewogen, dass er allein den Regungen seines Herzens folgte. Niemals habe ich erlebt, dass er laut über irgendwelche Konsequenzen nachdachte, so als hätte er es als schamlos empfunden, den Verstandesmenschen zu markieren. Ich habe darunter gelitten ...

Sommer 1975. Zum ersten Mal erlebe ich, dass mein Vater zerknirscht ist. Ich bin zehn. Wir sind dabei, in den Entwässerungsgräben auf dem Anwesen meiner Großeltern mütterlicherseits mit Sprengstoff Fische zu fangen, dem ausdrücklichen Verbot des Verwalters zum Trotz. Während er Bierflaschen mit Schwarzpulver füllt, spricht der Zubial davon, wie sehr er darunter leidet, *der Sohn eines Kollaborateurs* zu sein, von dieser nie zu überwindenden Schmach, die so groß ist wie die Liebe zu seinem Vater.

Er dauert mich, weil er doch nichts dafür kann. Innerlich für die politischen Entscheidungen seines Papas gerade stehen zu müssen, ist eine Ungerechtigkeit, die ihn ständig quält; dabei ist der Fall des Nain Jaune, einem Drahtzieher heimlicher Machenschaften, viel komplexer als das ehrenrührige Etikett es vermuten lässt.

Wir lassen eine weitere Bierflasche explodieren. Bäuchlings taucht ein betagter Karpfen an der Oberfläche auf, umgeben von modrigem Schlick, Sinnbild seines Aufruhrs. Der Zubial spricht von seinem Vater, von dessen Mut, von dessen Doppelrolle in Vichy und zu Gunsten der Armee im Untergrund in Bern, von dessen langen Verhandlungen mit dem Amerika Roosevelts. Je ausführlicher er mir die verborgene Kehrseite eines komplizierten Krieges schildert, desto besser begreife ich, wie er als kleiner Junge gelitten haben muss. Man nimmt seinen Vater nicht in Schutz, wenn man nicht spürt, dass die Geschichte ihn anklagt und die Moral ihn verdammt. Sollte der geheimnisumwitterte Nain Jaune eines Tages rehabilitiert werden, dann nur durch ein Berufungsverfahren.

Während also der Zubial spricht, sehe ich in ihm überdeutlich den heroischen Mann, den es ihn zu sein drängt. Als Wiedergutmachung? Das wäre wohl eine zu einfache Deutung. Andererseits habe ich immer das Gefühl gehabt, dass der Zubial sich als Held in Friedenszeiten erachtete. Seine Art zu lieben, sich durch sein Verhalten Gefahren auszusetzen, eine bestimmte, von absoluter Aufrichtigkeit geprägte Lebensweise zu verfechten, war tagaus, tagein von dem Drang beseelt, Widerstand zu leisten. Wem? Den Annehmlichkeiten des Mittelmaßes, den begrenzten Träumen, der Leichtfertigkeit des Verzichts. Dennoch forderte er nichts; sein Banner war seine Moral, seine Argumentation schwindelerregende Praxis.

Ein Sonntagabend fällt mir wieder ein; wir kehrten von einem Wochenende in der Normandie zurück, auf der Autobahn, wie gute Pariser Bürger inmitten einer unübersehbaren Blechlawine. Frédéric schläft, ich döse vor mich hin, als ich mit einem Mal höre, wie der Zubial zu meiner Mutter sagt, wie viel mehr er doch im Leben ihr vertraute als sich selbst. Und um ihr ganz deutlich zu machen, wie rückhaltlos er an sie glaubt, fügt er hinzu:

»Ich werde jetzt die Augen schließen, und du sagst mir, was ich zu tun habe, wie ich fahren muss. Leih mir deine Augen.«

Wir sind mit hundertvierzig Stundenkilometern unterwegs. Von dem plötzlich verzerrten Gesicht meiner Mutter ist abzulesen, dass Papa seine Ankündigung wahrgemacht hat; ein Blick in den Rückspiegel bestätigt es. Der Zubial stellt sich beim Fahren blind, wartet auf die Anweisungen seiner Frau, die ihn führen soll.

Natürlich beschwört meine Mutter ihn, wieder Vernunft anzunehmen, die Augen zu öffnen; sie weist ihn darauf hin, dass auf dem Rücksitz zwei kleine Kinder schlafen. Vergebens. Der Not gehorchend, gibt sie ihm ein paar Anweisungen. Der Zubial sagt ihr nochmals, dass sie Vertrauen zu sich haben soll, für sie beide. Autos hupen. Er stellt sich weiterhin blind. Meine Mutter wagt nicht, ihre Angst hinauszuschreien, weil sie nicht will, dass wir aufwachen und das absolute Chaos ausbricht. Und ich, ich sage mir, dass ich das Kind dieser beiden bin ... Diese Minuten der Anspannung sollten sich nachhaltig auf mein weiteres Leben auswirken, vor allem bei der Vorstellung, die ich mir von der Liebe mache ...

»Solange du Angst hast, bleiben meine Augen geschlossen«, sagt mein Vater, »solange wir nicht eins sind ... ein einziger Körper.«

Das mag sehr theoretisch klingen, die Umstände aber

waren es durchaus nicht. Die Spannung hielt an, solange meine Mutter seinen Forderungen nicht nachkam. Warum machte sie ihm anschließend keine Szene? Denn das wirklich Außergewöhnliche daran war nicht etwa, dass der Zubial sich dieser motorisierten Wahnsinnsübung aussetzte, sondern dass meine Mutter ihn nicht mit großem Tamtam verließ, nachdem wir Paris erreichten. Stattdessen, daran erinnere ich mich sehr wohl, fiel sie ihm auf dem Bürgersteig um den Hals und küsste ihn zu meiner großen Erleichterung leidenschaftlich.

Jahre später, als wir eines Tages in der Gegend von Verdelot spazieren gingen, habe ich ihr gestanden, dass ich in jener Nacht nicht schlafen konnte, und ihr die Frage gestellt, die mir auf der Seele brannte:

»Warum hast du ihn damals nicht verlassen?«

Sie überlegte kurz, ehe sie, von Rührung übermannt, antwortete:

»Er war so voller Leben.« Und dann fügte sie noch hinzu:

»Er verstand es zu lieben und geliebt zu werden.«

Ich mit meinen damals siebzehn oder achtzehn Jahren habe mich daraufhin erschrocken gefragt, ob auch ich eines Tages dazu fähig sein würde, zu lieben und mich von den Frauen lieben zu lassen, wenn ich aus meiner Liebe ein einzigartiges und heldenhaftes Abenteuer machte. Vielleicht bedeutet es im Grunde das, ein Jardin zu sein?

Ich bin dreizehn. Zum ersten Mal stelle ich fest, dass ich nicht mehr Herr meiner Sinne bin. Welch ein Glück, in meinem Körper gefangen zu sein, der sich ganz einer Frau unterworfen hat: Ich bin über beide Ohren verliebt. Sie heißt Sacha und ist achtzehn Jahre alt. Ihre schwellenden Brüste berauschen mich, ihr slowenischer Akzent betört mich. Ihr in meinen Augen vorgerücktes Alter entspricht dem einer richtigen Frau, einer, die dieser Bezeichnung würdig ist, die alle Wünsche weckt. Kennen gelernt habe ich sie auf einer Baustelle, auf der junge Menschen aus aller Welt einen Teil ihrer Ferien damit zubringen, Schäden zu beseitigen, die die Wirren der Geschichte dem Schloss von Guise zugefügt haben.

Sacha merkt erst nach und nach, dass ich nicht nur ein Junge bin, der mit der Maurerkelle umzugehen versteht. Entschlossen mache ich mich an sie heran, plustere mich auf wie ein alberner junger Gockel, rede beschwörend auf sie ein, schinde Eindruck. Ohne dass sie so recht begreift, wie ich sie rumgekriegt habe, heimse ich kleine Gunstbeweise von ihr ein. Das Wetter ist schön. Aber ich will mehr als ihre Lippen, mehr als dieses ungeschickte Fummeln an einem bekleideten Körper; noch nie habe ich derart nach nackter Haut gegiert, danach gefiebert, mit einem Mädchen zu schlafen.

Die Örtlichkeiten eignen sich nicht für Intimitäten. Der mürrische Bauleiter behält mich im Auge, damit ich, solange ich ihm unterstellt bin, Sacha nicht an die Wäsche gehe. Dieser Fuchs vereitelt meine Pläne, durchkreuzt jede List, zu der mich mein Heißhunger greifen lässt, mich, den in heißer Liebe zu ihr Entbrannten. Dabei scheint mir hier alles ein geeignetes Lager, um es mit ihr zu treiben: das Laub unter einer Weide, am Ufer eines Flusses, Heuhaufen, die mich verhöhnen, dieser Sandboden, auf dem wir uns wälzen könnten. Kein Baum, bei dem ich mir nicht vorstelle, wie ich, an ihn gelehnt, Sacha leidenschaftlich nehme, um ihr Kinder zu machen, ihr meinen Namen zu geben und sie zu lieben, bis sie völlig erschöpft daran zugrunde geht. Es steht fest, ist sicher, daran gibt es nichts zu rütteln – sie ist es, nur sie kann die Frau sein, die meinen weiteren Werdegang bestimmt. Ich weiß kaum, wer sie ist – wir sprechen miteinander ein Kauderwelsch, das ich für Englisch halte –, aber das tut nichts zur Sache. Ich liebe sie! Ich bete sie an, grenzenlos, so wie man nur mit dreizehn Jahren liebt, besinnungslos, mit all meinen Kräften, mit der Glut, die dieses Alter so schön macht und so herrlich blind.

Der einzige Ausweg: Sobald ich nicht länger der Aufsicht des Bauleiters unterstehe, muss ich sie entführen. Wohin? Nach Verdelot! Den Sommer über ist das Haus verwaist; dass es leer steht, scheint mir ein Wink des

Schicksals zu sein, das Zeichen schlechthin, nicht zu zögern.

Sofort rufe ich meine Mutter an, um mich zu erkundigen, wo die Hausschlüssel sind. Der Gedanke, mich mit Sacha zu besprechen oder meine Mutter zu fragen, was sie von meinem Vorhaben hält, kommt mir erst gar nicht. Bittet man seine Eltern um Erlaubnis, wenn man mit jemandem schlafen will? Mit dreizehn Jahren fühle ich mich dazu durchaus berechtigt, allein schon aus der Befürchtung heraus, sonst noch länger in der Kindheit zu verharren.

»Wozu brauchst du die Schlüssel?«, fragt mich meine geliebte Maman am Telefon.

Und jetzt sage ich ihr doch, dass ich vorhabe, dieser Sacha ein Dutzend Kinderchen zu machen und all das auszukosten, was mir meiner Ansicht nach meine Liebste in überreichem Maße zu bieten hat. Meine Mutter am anderen Ende der Leitung scheint etwas die Fassung verloren zu haben. Sie stottert ein wenig herum, sagt, wo die Schlüssel sind, und legt auf.

Erst viel später sollte ich erfahren, dass mein Anruf sie völlig fertig gemacht, gelähmt hat vor Sorge bei der Vorstellung, dass ihr kleiner Junge viel zu früh die Karriere eines Liebhabers einschlägt; auch meine Absicht, Kinder in die Welt zu setzen, war nicht unbedingt geeignet, sie zu beruhigen. Nur hatte sie sich außer Stande gesehen, mich in meinem Ungestüm zu bremsen. In ihrer Not hatte sie ihre Liebhaber sowie meinen Vater zu einer Vollversammlung einberufen, um mein Ersuchen, das keines war, zu prüfen. Mein Schicksal war zur Debatte gestellt worden. Absonderlicherweise und wider alle Erwartungen gab sich die Mehrheit moralisch; der Zubial bestand darauf, mir noch eine Zeit lang den Zugang zu weiblicher Haut zu untersagen. Was darauf folgen sollte, verdanke ich nur dem Vertrauen, das meine Mutter in mich hatte; sie allein widersetzte sich den Skrupeln ihrer Männer.

Acht Tage später kam ich nach Verdelot, an der Spitze einer kleinen Truppe, die aus Sacha bestand, drei ihrer jugoslawischen Freunde sowie meinem englischen Brieffreund, mit dem ich noch immer Verbindung hatte und der inzwischen mit den Sitten und Gepflogenheiten der Jardins vertraut geworden war. Als begeisterter Krocketspieler unterwies John auf unserem Brie-Rasen die Slowenen in den Fertigkeiten dieses Spiels, während ich die Zeit mit dem immer neuen Studium von Sachas Anatomie zubrachte.

Willig bot sie sich meinen Gelüsten dar, tat sich an mir gütlich, beschwichtigte mich, durchkreuzte meine Erwartungen und überrumpelte meine Sinne. Außergewöhnliches brachte sie mir nicht bei, wir waren ja nicht in der Schule, sondern nur in den Ferien, in einem Bett, das wir kaum verließen. Von diesen Erlebnissen, die so neu waren, habe ich mir die Erinnerung an eine hinreißende Nacktheit, an eine beglückende Intimität bewahrt. Sacha gab sich voller Lust der Liebe hin, in ihren weitaufgerissenen Augen war nichts von dem Ernst zu erkennen, der diesen Momenten gelegentlich den Anschein von Aufopferung verleiht. Sie war nicht immer unbeschwert, das wäre vorgetäuscht gewesen, aber ihr heiteres Wesen behielt doch die Oberhand, verklärte ihren Appetit. Die hitzigen Gunstbeweise dieser zärtlichen Slowenin verschafften mir das Gefühl, mich im bezaubernden Frankreich des 18. Jahrhunderts zu befinden. Diese Umarmungen boten keine Gelegenheit, Missverständnisse zwischen uns zu schüren oder über zurückliegendes Leid zu hadern; wir waren einfach glücklich miteinander.

Aber auch das allerbeste Einvernehmen dauert nur eine Weile an. Sacha musste zurück an den adriatischen Strand und ihr Studium wieder aufnehmen. Mit weidwundem Herzen begleitete ich sie zusammen mit John zur Gare de Lyon, zum Nachtzug nach Jugoslawien. Auf dem Bahnsteig küsste ich sie in der schrecklichen Vorahnung, dass Tito höchstpersönlich ein Wiedersehen vereiteln würde. Als der Zug Anstalten machte, sich in Bewegung zu setzen, durchschoss mich ein wahnwitziger Gedanke, und Hals über Kopf sprang ich auf das Trittbrett, ohne Geld und ohne Pass, um ihr hinter den Eisernen Vorhang zu folgen und sie grenzenlos zu lieben. Was darauf geschah? Das ist mir erst im Nachhinein bewusst geworden.

Ich bekam einen saftigen Kinnhaken verpasst und landete völlig benommen wieder auf dem Bahnsteig. John war es gewesen, der ebenfalls aufs Trittbrett gesprungen war und mir, um mich mundtot zu machen, seine Faust ins Gesicht gerammt hatte. Dann hatte er mich zurück auf Pariser Boden befördert und war ebenfalls abgesprungen in dem Augenblick, da die Türen sich schlossen. Verächtlich sah er mich von oben herab an, entsetzt darüber, wie ich wegen eines Mädchens derart den Kopf hatte verlieren können. Statt einer Erklärung sagte er herablassend:

»Wie französisch du doch sein kannst ...«

Und seine Collegejacke glatt ziehend, entfernte er sich, während ich glaubte, auf diesem Bahnhof meine erste große Liebe verloren zu haben.

Ich ahnte noch nicht, was folgen sollte.

In jämmerlichem Zustand kam ich nach Hause, wo ich mir das Auge kühlen ließ, das von Johns wirkungsvoller Linker getroffen worden war. Der einzige Gedanke, der mich beherrschte, war, so schnell wie möglich Sachas Eltern anzurufen und ihnen zu sagen, dass ich ihre Tochter liebte und Pläne für unsere Zukunft hätte. Da sich meine Mutter dagegen verwahrte, ihre Telefonrechnung ins Uferlose anwachsen zu lassen, begab ich mich auf die andere Straßenseite, um Zubials Telefon zu benutzen.

Er ließ mich allein; hastig wählte ich Sachas Nummer. Nach mehrmaligen Versuchen meldete sich eine dumpfe Stimme, die ein paar Verwünschungen auf serbokroatisch ausstieß und dann auflegte. Mein dürftiges Englisch half mir nicht weiter. Ich wählte erneut, und sobald abgehoben wurde, brüllte der Grobian am anderen Ende in einer dalmatinischen Sprache los oder in einem griechisch und sonst wie vermischten Kauderwelsch. Dass ich immer wieder den Namen Sacha stammelte, half nichts, jedes Mal wurde kurzerhand wieder aufgelegt. Schließlich gab ich es auf, um die Hand der Tochter anzuhalten, und suchte den Zubial in seinem Arbeitszimmer auf. Im Morgenrock, eine Zigarre im Mund und einen Stift in der Hand, baute er sich vor mir auf. Mein Elend spiegelte sich in seinem verstörten Gesicht wider. Unwillkürlich zog er ein Thermometer unter seinem Morgenrock hervor, warf einen Blick darauf und sagte:

»Siebenunddreißig neun ... knapp achtunddreißig.«

Meine Verzweiflung ließ seine Temperatur ansteigen. Vor Kummer außer mir, fing ich an zu schluchzen und gestand ihm, dass ich dieses Mädchen über alles liebte. Worauf der Zubial ebenfalls zu weinen begann und mich zärtlich in die Arme schloss. Lange verharrten wir so, ließen die Tränen von Jardin Vater und Sohn sich miteinander vermischen. Mit einem Mal begriff er, dass mein Unglück das eines wahrhaft Verliebten, dass sein Kleiner keineswegs mehr ein Kind war, dass er ebensolche Qualen litt wie er selbst. Für ihn war dieser erste Liebeskummer meine Feuertaufe. Bei uns sind Tränen, die wir um Frauen vergießen, Weihwasser.

Nachdem wir uns ausgeweint hatten, stellte er mir Fragen. Um welche Zeit war sie abgefahren? Mit welchem Ziel? Ich konnte nur stockend antworten. Er verzog sich für eine Viertelstunde in sein Schlafzimmer und telefonierte in der Gegend herum, und als er wiederkam, erklärte er:

»Sandro, wir brechen auf!«

»Wohin?«

»In einer Stunde fliegen wir nach Venedig. Dort wartet ein Wagen auf uns, wir fahren durch Dalmatien, und um zehn Uhr zweiundvierzig stehst du auf dem Bahnsteig von Ljubljana und holst Sacha vom Zug ab. Sie steigt aus, sieht dich, bricht in Tränen aus, küsst dich, ein unvergessliches Erlebnis. Noch nach fünf Generationen werden sich die Mädchen in ihrer Familie an dich erinnern!«

Ein Freund des Zubial, seines Zeichens Regieassistent und erfahren in den Schwierigkeiten, die es bei den Dreharbeiten zu meistern gilt, hatte diese Verfolgungsjagd organisiert, damit wir den Zug von Sacha abfingen.

Wir flogen zur festgesetzten Zeit von Orly ab. Auf meine Frage, was uns dieser Ausflug kosten würde, antwortete mein Vater, das sei unwichtig, wichtig sei, dass ich lernte, den Großteil meiner oder anderer Leute Einnahmen dafür zu opfern, die Frauen, die ich liebe, zu erobern; alles andere sei vergeudet, aufs Höchste unmoralisch. So weit die Einstellung des Zubial zum Geld; an gewissen Prinzipien hielt er nun mal fest.

In Venedig mieteten wir uns einen Alfa Romeo, und der Zubial fuhr uns in dieser Nacht die dalmatinische Küste entlang. Ich kam mir vor wie der Sohn von James Bond oder auch Fantômas. Auf dem Rücksitz ausgestreckt, versuchte ich zu schlafen, um am nächsten Morgen ausgeruht vor meine Herzallerliebste zu treten, sah aber eigentlich ständig auf den steifen Hals meines

Vaters, der unentwegt rauchte und das Steuer nur losließ, um aus den im Kofferraum verstauten gelben Kanistern Benzin nachzufüllen.

Dieses Unternehmen, das in seiner Art doch eher einem Kinofilm glich, mag beim Leser zweifelsohne ein Gefühl des Irrealen hervorrufen, aber genau dieses Gefühl von Unwirklichkeit überkam einen in der Gesellschaft des Zubial; immer wieder fragte man sich, ob das, was da vor sich ging, sich tatsächlich ereignete. Diesmal war es dennoch so, dass ich wahrhaftig auf dem Rücksitz dieses verqualmten Alfas hockte, der über die schmalen Straßen eines vielleicht nur imaginären Sloweniens jagte, von dem ich, weil es Nacht war, nichts mitbekam.

Bei Sonnenaufgang erreichten wir, Stunden zu früh, Ljubljana, eine schmucke Stadt, die uns angenehm überraschte, hatten wir doch erwartet, in einem heruntergekommenen Winkel des kommunistischen Europa zu landen. Wir frühstückten in einem netten kleinen Hotel, einem Familienbetrieb, in dem der Zubial ein Zimmer für mich reservieren ließ für den Fall, dass Sacha gleich nach ihrer Ankunft Heißhunger auf mich verspüren sollte.

Um zehn Uhr zweiundvierzig stand ich auf dem Bahnsteig Nummer eins, im Blickfeld des Zubial, der mich von einer etwa zwanzig Meter entfernten Bank aus beobachtete und, wie ich sehr wohl spürte, sich in mir wiedererkannte. Er war es, in meinem Alter, der gleich diese junge Slowenin in die Arme schließen würde. Unsere Ähnlichkeit war nicht mehr zu verkennen, und ich erinnere mich, dass ich, um ihn zu erheitern, mit der für ihn typischen Haltung auf und ab ging und gleich ihm die Hände in die Taschen vergrub. Der Zug hatte Verspätung. Menschen drängten sich auf dem Bahnsteig. Die Luft war lau. Ich bereitete mich darauf vor, einen der hinreißendsten Auftritte meines kurzen Lebens hinzulegen, einen so gelungenen, dass ich mich auch noch Jahre später mit Vergnügen daran erinnern würde.

Der Zug fuhr ein. Der Zubial lächelte mir aufmunternd zu und versteckte sich wie im Film hinter einer Zeitung, um nicht von Sacha erkannt zu werden. Als die Reisenden nach und nach ausstiegen, hielt es mich nicht länger zurück. In dieser von meinem Vater geschriebenen Rolle fand ich mich unwiderstehlich. Bald darauf tauchte Sacha am Ende des Bahnsteigs auf. Von meiner Wirkung überzeugt, blieb ich stehen, als ich sie plötzlich losrennen sah. Hatte sie mich entdeckt? Ich, der geglaubt hatte, gleich der glücklichste Mensch überhaupt zu sein, wurde von einer Sekunde zur anderen zum zutiefst enttäuschten. Sie flog in die Arme eines jungen Mannes um die Zwanzig, eines Muskelprotzes, zwei Kopf größer als ich. Durch die Menge hindurch bekam ich mit, wie sie ihn mit einem strahlenden Lächeln umarmte, einem Lächeln, das besagte, dass sie diesem Kerl gehörte und dass ich nichts weiter gewesen war als ein vergnügliches Pariser Abenteuer, ein Zeitvertreib – während ich mich geliebt gewähnt hatte.

Mir stockte das Blut, es hörte auf, in meinem Organismus zu zirkulieren. Staksig wie ein Roboter bewegte ich mich auf meinen Vater zu. Unsere entsetzten Blicke kreuzten sich. Leichenblass geworden, zuckte er die Schultern. Ich brachte es nicht über mich, mich zu erkennen zu geben, versteckte mich hinter einem Pfosten, als Sacha am Arm ihres Verlobten vorbeikam. Nie hat sie erfahren, dass ich Europa durchquert habe, um vor ihr da zu sein und ihr mit meiner Liebe den Verstand zu rauben.

Mit eingeklemmtem Schwanz, wie Brel es genannt hätte, bin ich nach Paris zurückgekehrt, an der Seite des Zubial, der mich nach Kräften zu trösten versuchte. Immerhin habe ich aus dieser grausamen Geschichte die Lehre gezogen, dass die Rollen meines Vaters mir niemals etwas einbringen würden, dass ich in seinen Kostümen immer ein wenig der Lächerlichkeit preisgegeben wäre. Einen Pascal Jardin imitiert man nicht. Man wird unendlich frei geboren, so wie er, aber man wird nicht er. Ich könnte notfalls in meine eigene Rolle schlüpfen, in die von Alexandre, aber in seine niemals. Unerreichbar!

Sollte Sacha eines Tages über dieses Büchlein stolpern, über die französische Ausgabe oder über die in einer anderen Sprache, würde ich sie gern auf diese Weise wissen lassen, dass, hätte der hünenhafte Slowene sie nicht am Bahnsteig abgeholt, ich sie wieder nach Frankreich mitgenommen hätte. Damals war mein Verlangen grenzenlos; daran hat sich übrigens nichts geändert ...

Eine Erkenntnis hat mich beim Tod des Zubial umgehauen: wie wenig hemmungslos liebeshungrige Menschen es gibt, wobei die Anzahl der Frauen, die wirklich leidenschaftlich begehrt werden, noch geringer ist. Meine ganze Kindheit hindurch, im Kielwasser meines Vaters, habe ich es als ganz natürlich angesehen, dass das Leben von Gelüsten bestimmt wird, die Wirbelstürme auszulösen vermögen – um dann unverhofft mit der schrecklichen Trägheit konfrontiert zu werden, die auf der Welt herrscht.

Wenn Papa der Sinn nach einer Dame oder einer verlockenden Fata Morgana stand, rief er das Universum an, sich zu seinen Gunsten zu verschwören. Erst kürzlich hat mir meine Mutter Einblick in die Briefe gewährt, die er ihr aus den Tiefen seines Schweizer Grabes schrieb. Ihren Inhalt möchte ich nicht preisgeben; mich fasziniert aber nach wie vor, auf welche Tricks er verfiel, um unter Umgehung der Unannehmlichkeit seines eigenen Todes seine Frau weiterhin zu betören. Nicht einmal sein Verschwinden war für ihn ein unüberwindliches Hindernis. Die Erfüllung seiner Träume blieb auf seiner Tagesordnung, war sein Grund weiterzuleben, als er es nicht mehr tat. Die meisten Menschen verstummen mit ihrem Tod. Er nicht. Der Zubial besaß dieses

Mitreißende, das die Lahmen zum Laufen brachte und Selbstbeschränkungen in dringende Bedürfnisse verwandelte, Zurückhaltung in Heißhunger, so als wäre seine Maßlosigkeit ansteckend gewesen.

Wenn ich ein verwöhntes Kind war – nicht im Hinblick auf ein Zuviel an Geschenken –, dann verdanke ich das seinem außergewöhnlichen Respekt für die Wünsche anderer, vorausgesetzt, sie waren einigermaßen ausgefallen und wurden mit Nachdruck vorgetragen. Niemals machte er sich über mich lustig, wenn ich einen ungebührlichen Wunsch äußerte. Ich durfte über meine persönlichen Zielsetzungen wie über die eines zukünftigen Staatsoberhaupts sprechen, ich durfte mich als den rechtmäßigen Nachfolger von Julius Caesar auf dem Thron von Europa bezeichnen: Nicht einmal ein belustigtes Schmunzeln huschte dann über sein Gesicht. Sarkastisch wurde er nur denen gegenüber, die mit Ironie einen Mangel an Courage zu überspielen versuchten oder fehlende Spontaneität, in seinen Augen das Zeichen echter Ohnmacht. In seiner Vorstellung standen die, die sich vom Verstand leiten ließen, auf der untersten Sprosse der Menschheit; sie verkörperten den Abschaum der Gesellschaft, den anzuprangern er nicht müde wurde.

Ich weiß noch gut, wie ich eines Tages meinem damaligen Geschichtsprofessor im Gymnasium erklärt habe, es stehe ihm nicht zu, uns diesen Unterrichtsstoff zu vermitteln, wenn er zu der Ansicht neige, Frankreich sei lediglich eine mittelgroße Macht. Dieser Geistesblitz war inspiriert vom Denkschema des Zubial, dem zwar jegliches nationalistische Gehabe fremd war, der sich aber dennoch hinreißen ließ, alle jämmerlichen Argumente zu verwerfen, die nicht dazu aufrufen, den Rahmen des Machbaren zu sprengen. Ich meine von ihm das Wissen übernommen zu haben, dass meine Wünsche, auch wenn sie momentan nicht realisierbar sind, sich letzten Endes doch annäherungsweise erfüllen. Pessimistisch, wie manch einer von uns im Grunde ist, halten wir daran fest, dass nur ein glücklicher Zufall uns weiterhilft, dass Pech auf einem unseligen Missverständnis beruht und dass die Wünsche, die wir nicht unterdrücken, alles zunichte machen können.

Einmal war ich bei ihm, als er gerade dem Gerichtsvollzieher vom Finanzamt erklärte, er sei auf ewig pleite, weil seine Steuerrückstände rechnerisch nicht auszugleichen wären, dennoch fühle er sich unendlich reich, weil seine eigenen Gelüste stärker seien als das Begehren des Finanzamts, ihn zu schröpfen. Er sei sich dessen umso sicherer, da er wisse, dass man ihm kein einziges Möbelstück heraustragen werde, habe er doch die Breite des Flurs in der Diele verschmälern lassen, kein einziges gehe da mehr durch! Der Gerichtsvollzieher hörte ihm etwas ungläubig zu und ging weiter seine Aufstellung durch, sah in ihm zweifellos den versponnenen Schriftsteller und schien sich nicht bewusst zu sein, dass dieser Fantast im Morgenrock eine große Wahrheit verkündete. Jeden Tag überprüfte der Zubial dieses Axiom, dem zufolge die Vorstellung, die man von sich selbst hat, zum Schluss die Wirklichkeit beherrscht. Wenn ich mal daran zweifelte, sagte er immer:

»Selbst der Aufruf am 18. Juni ist schließlich gehört worden. Also ...«

Als er das letzte Mal diesen rituellen Satz in meinem Beisein von sich gab, hatte ihm gerade sein Arzt erklärt, dass sich sein neues Krebsgeschwür möglicherweise abkapseln würde. Einige andere hatte der Zubial bereits auf diese Weise abgewürgt, und keinen Augenblick lang dachten wir daran, dass dieses neuerliche seiner unbändigen Vitalität den Garaus machen könnte. De Gaulle hatte Widerstand geleistet durch die Vorstellung, die er sich von sich selbst machte, und dann hatte er die Franzosen in einen einhelligen Begeisterungstaumel versetzt, als er eines Tages über die Champs-Élysées zog; dementsprechend würde auch Papa weiterhin zu Fouquet's gehen, weiterhin das tun, was er gern tat. Keine Frage.

Und dann starb er doch. Mit einem Schlag hatte der Zauberer seine Macht eingebüßt; der Tod hatte ihn seiner Lebenskraft beraubt, ihn, das unbezwingbare Stehaufmännchen, das sich immer wieder von seinen Schlappen erholte. Der Zubial zu sein genügte nicht mehr. Mit meinen fünfzehn Jahren musste ich erkennen, dass empörenderweise die Wirklichkeit existierte, dass das wahre Leben sich als stärker erweisen konnte als die Dichter, unendlich grausam und lächerlich einfältig. Ich verlor meinen Vater und meinen Glauben an die unbegrenzte Macht großer Visionen. Der letzte

Akt, blutrünstig auf seine Art, schleuderte mir eine verwerfliche, niederschmetternde Moral ins Gesicht: Da konnte de Gaulle also doch verlieren und als bestallter Sprecher der Londoner BBC wieder auferstehen, Christoph Columbus an einer Fischgräte ersticken, noch ehe er Amerika entdeckte; möglich war auch, dass Armstrong mit seiner Apolloraumkapsel beim Start zum Mond explodierte.

Mir ist noch deutlich in Erinnerung, dass ich mich einen Monat nach dem Ableben meines Vaters für die totale, radikale Ablehnung der schrecklichen Wirklichkeit entschieden habe. Ich war fünfzehn und krümmte mich über eine irische Lokusschüssel in einem Vorort von Dublin, um mir die Seele aus dem Leib zu würgen. Meine gramgebeugte Mutter hatte mich dorthin verbannt, wollte mich nicht um sich haben. Jeden Tag kotzte ich meine brutale Konfrontation mit der unerträglichen Realität aus, meine Wut, ohnmächtig zu sein, diesen Zorn, der mich nie wieder verlassen hat; und dann habe ich mit einem Mal Nein gesagt zur Diktatur des Unwiderruflichen, Nein zu dem, was unausweichlich schien, Nein zum Abgesang der Leidenschaft, Nein zu den Frustrationen, die das Leben uns beschert, Nein zum Schwinden unserer Energie, Nein zu allen Durchfahrtsverbotsschildern, Nein zu meiner eigenen Zaghaftigkeit, Nein zu einem minutiös vorgezeichneten Leben, Nein zu den Neurosen anderer, Nein zum Nachplappern gängiger Meinungen, Nein zur Beschränkung auf eine einzige und vorgegebene Rolle,

Nein zu den eitlen Spielchen um gesellschaftliche Anerkennung, Nein zur vorzeitigen Verblödung, Nein zum Tod, nein! Nein und nochmals nein! Dieser verzweifelte und beseligende Instinkt zur Rebellion ist mir zum Rückgrat geworden, damit ich nicht zusammenbreche.

An jenem Abend bin ich losgezogen, um mich in der Nacht zu verlieren. Ich befand mich im Norden Dublins, unweit der Küste, an einer lang gezogenen Bucht mit dem kalten schwarzen Wasser der Irischen See. Der Wind peitschte die Wellen so hoch, dass sie den einen oder anderen Mondstrahl erhaschten; dennoch wollte ich zum gegenüberliegenden Ufer der Bucht schwimmen. Wenn ich, alles andere als ein guter Schwimmer, es zur anderen Seite schaffte, dann, so meine Überzeugung, würde ich es auch hinkriegen, ein Mensch zu werden, der seine Verweigerungshaltung zu behaupten verstand. Wenn nicht, würde mein Tod durch Ertrinken zeigen, wie unbedeutend ich war. Eine Schlussfolgerung, die mir heute kindisch erscheint, aber damals war ich davon so überzeugt, wie man das mit fünfzehn Jahren, kurz nach dem Tod seines Papas, nur sein kann.

Ich spüre noch heute die beißende Kälte, als ich ins dunkle Wasser stieg, und die Spannung, es mit meiner Angst aufzunehmen, die damit einherging; das Meer hat mir seit jeher einen Mordsrespekt eingejagt. Erregend war es und zugleich erschreckend genug, um mich aufzuputschen. Wie lange ich bis zum anderen Ufer brauchte? Ich weiß es nicht mehr. Ich weiß nur, dass ich lebend aus dem Wasser stieg, hoffnungslos lebendig.

Meine Anfälle von Übelkeit hörten schlagartig auf. In diesen irischen Gewässern habe ich meine Taufe als Sohn des Zubial vollzogen.

Mit fünfzehn Jahren habe ich angefangen, mich so zu verhalten, als würde auch ich mit sechsundvierzig sterben. Als mein erster Roman erschien, war ich bereits sechs Jahre lang erbost, noch immer jung zu sein, zurückgeschraubt auf ein amtlich ausgewiesenes Alter, das mit meiner inneren Uhr nicht übereinstimmte.

Ich hatte mit achtzehn mein erstes Theaterstück geschrieben und von Jean Anouilh ein Lob dafür geerntet. In seiner Großmut war der Dramatiker sogar so weit gegangen, es einem bedeutenden Theatermann ans Herz zu legen. Jener berühmte und geniale Herr, ein hochintelligenter Mann, signalisierte tatsächlich Bereitschaft, es aufzuführen. Ich jubelte. Endlich verwandelte sich mein Leben in ein Gefecht mit scharfer Munition. Als mir der Meister dann aber eröffnete, dass er mein Stück erst in zwei Jahren auf die Bühne bringen könne, also nach Ablauf seiner noch anstehenden Verpflichtungen, habe ich ihm das Manuskript aus der Hand gerissen und gefragt, ob er mich umbringen wolle. Zwei Jahre! Mit achtzehn zählen die Jahre dreifach, ist die Ungeduld riesengroß. Völlig niedergeschmettert habe ich im Rückwärtsgang seine Loge verlassen und nie wieder einen Fuß dorthin gesetzt.

Ich lebte bereits in Atemlosigkeit, mit der Hast derer, die ahnen, dass sie bald sterben. Um mein Schicksal herauszufordern, versicherte ich allen, die es hören wollten, dass ich uralt werden würde; in meinem Inneren indes gemahnte mich das zubialeske Ticktack, das mein Leben bestimmte, ohne Unterlass daran, dass meine Stunden gezählt waren. Meine Freunde ließen sich treiben im endlosen Erwachsenwerden, verliebten sich ohne viel Tamtam, hüteten sich davor, sich dabei zu sehr zu engagieren; es fiel mir immer schwerer, ihre Apathie zu begreifen, die doch eigentlich nur ihrem Rhythmus entsprach. Nicht einen Augenblick lang habe ich erkannt, dass der Verrückte ich war, ich, der in der Hälfte der Zeit neunzig Jahre alt werden wollte.

Heute, da ich gerade mal damit anfange, meine Gier zu zügeln und meinen Heißhunger zu zähmen, schrecke ich noch immer davor zurück, einmal sechsundvierzig zu sein. Wie den Zubial überrunden? Wenn die Stunde dieses Alters schlägt, das ihn in ewiger Jugend erstarren ließ, werde ich genauso viel Angst haben wie mit fünfzehn. Angst, wie er Krebs zu haben, auf meine Abstammung pochen zu wollen, indem ich mir eine Krankheit wie die seine einfange. Ich habe nicht mehr den Ehrgeiz, alt zu werden, aber doch siebenundvierzig und dann noch mal ein Jahr und so weiter, bis das Dasein mir Zeit gewährt hat, ich selbst zu sein, um dann erschöpft, aber in dem Bewusstsein, gelebt zu haben, abzutreten.

Der Zubial kostete jeden Augenblick aus, als sollte es

der letzte sein; jetzt, da er vom Hochseil gefallen ist, gelüstet es mich zusehends, seinem Taumel nachzuspüren, auf seinen steilsten Pfaden zu wandeln, auf der Nordseite meiner Sehnsüchte. Wie aber auf dem Seil tanzen, ohne abzustürzen?

Meine Feder jagt dahin, verleiht dem Zubial in etwa wieder die Färbung des seltenen Vogels, der er war, und ich stelle fest, dass das Wesentliche seines Nachlasses seine Vorstellung von der Liebe war, die er mir auf seine unnachahmliche Art vermittelte. Je verrückter sich dieser eigenartige Lehrmeister gebärdete, desto mehr lag ihm das, was er sagte und tat, am Herzen.

Ich erinnere mich, dass ich ihn eines Tages ganz aufgeregt bei sich zu Hause antraf. Er tänzelte vor einem Gerät herum, das für Industriespionage eingesetzt wurde. Soko hatte es ihm besorgt. Dieser in seiner Art einzigartige Mann dürfte der beste Freund des Nain Jaune gewesen sein. Wladimir Sokolowski, von denen, die ihn besser kannten, Soko genannt, praktizierte einen Kommunismus à la carte; es hieß, er sei Ehrenmitglied des KGB, den er selbst als ungemein eleganten *Club* ansah. Hemmungslos prosowjetisch eingestellt, sammelte er Ikonen und führte das Leben eines Schmarotzers, auf Kosten des französischen Staates. Seine Urlaubsfotos, aufgenommen am Ufer des Genfer Sees oder am Schwarzen Meer, wurden samt und sonders im Labor des Élysées entwickelt, wer immer an der Regierung war. Mit Überzeugung erklärte dieser faszinierende Mann, der aussah wie ein dicker Käfer, er bedauere es, dass die Bolschewiken 1917 seine Eltern, Weißrussen, nicht liquidiert hätten; dieses Versäumnis verzieh er ihnen nicht. Seit sein Lehrer Marcel Déat ihm die Zuneigung zum Proletariat eingetrichtert hatte, las er jeden Morgen intensiv die *Prawda* und wünschte sich nichts sehnlicher, als die Redaktion des *Figaro* in ein Umerziehungslager in Beauce oder in der Bretagne zu schicken und sie dort körperliche Arbeiten verrichten zu lassen. Trotzdem oder vielleicht gerade deshalb nahm er jeden Morgen mit dem Nain Jaune sein auf Meißener Porzellan serviertes Frühstück im Hotel La Pérouse ein. Der eine ein Rechter, der andere ein verbissener Linker, herrschten die beiden Kumpane, die es so geschickt verstanden, das schwarze Geld der Mächtigen dieser Welt zu verteilen, über die geheimen Finanzen des politischen Lebens.

Dieser Soko also hatte dem Zubial ein Gerät besorgt, mit dem man mittels dreier dicker Saugnäpfe, die Papa bereits an der Korkisolierung seines Arbeitszimmers angebracht hatte, durch Mauern hindurch hören konnte. So platziert, gaben diese Verstärker – trotz des Korks – recht deutlich die Gespräche des Rentnerehepaars wieder, dessen Zweisamkeit sich auf derselben Etage abspielte. Heutzutage dürfte man für ein solches Unterfangen auf sehr viel ausgefeiltere technische Möglichkeiten zurückgreifen können, aber damals erschienen uns diese drei an einem Lautsprecher haftenden Saugnäpfe genau das Richtige zu sein, um in einem James-Bond-Film Verwendung zu finden.

Seit Soko davon erzählt hatte, war mein Vater ganz versessen auf dieses ostdeutsche Gerät. Nicht etwa um irgendwelche kriegerischen Mächte zu bespitzeln, sondern um endlich die Wahrheit über Ehepaare herauszufinden. In die intimen Sphären einer Liebesbeziehung einzudringen, in die Geheimnisse, die sich damit verknüpften, Unausgesprochenes herauszuhören, Kümmernisse und Groll auszuloten – diese Perspektiven übten auf ihn als Schriftsteller eine ungeheure Faszination aus.

Abends, nach der Schule, schaute ich bei ihm vorbei, und mehrere Tage lang lauschten wir dann dem abgedroschenen, ja verschrumpelten Einerlei dieser Leute, die sich dereinst doch vergöttert haben mussten. Unsere Bestürzung wuchs von Mal zu Mal. Diese Sitzungen wurden zur Autopsie einer Leidenschaft. Was wir zu hören bekamen, waren ausschließlich alltägliche häusliche Verrichtungen, Schluckgeräusche mehrmals hintereinander beim Einnehmen von Medikamenten, das Betätigen der Klosettspülung, nicht endendes Gefasel über Gemüsepreise, ständiges Klagen über die Concierge, makabre Spekulationen um die Lebenserwartung der greisen Tante, sorgenvolle Bemerkungen über die Verdauungsstörungen der alten Katze. Nicht ein einziges Mal bekamen wir einen Anflug von Zärtlichkeit mit, nicht den kleinsten Hinweis auf das Nochvorhandensein einstmaliger Gefühle. Nicht einmal eine Spur von Verbitterung in ihrem Geplapper, nichts als das stagnierende Gewässer ihrer Gleichgültigkeit füreinander. Kein Wort deutete darauf hin, dass diese Leute sich einmal umarmt hatten, dass sie verliebt gewesen waren und gemeinsam geträumt hatten.

Je mehr wir hörten, desto missmutiger sah ich den Zubial seine Zigarren paffen und mit im Rücken verschränkten Händen sein Arbeitszimmer durchmessen. Sein Gesicht verriet mir, dass das, was uns zu Ohren kam, *die* Schande schlechthin war: eine Liebe, die sich nicht einmal daran erinnert, was sie gewesen ist. Der Zubial machte seinem Unbehagen mit *a-puh! a-puh!* Luft, und ich erkannte, dass in seinen Augen Gleichgültigkeit die unverzeihlichste aller Sünden war, Nachlässigkeit in der Liebe ein Zeichen von seelischer Grausamkeit. Und die verdammte er nachdrücklich.

In seinen Erwartungen enttäuscht, verfiel der Zubial mit seinem Widerspruchsgeist schließlich auf eine Idee, die ihm wieder Hoffnung gab. Eines Abends bestellte er telefonisch Blumen, einen riesigen Strauß für diese abtrünnige Nachbarin, die der ihr von Natur aus bestimmten Aufgabe als Geliebte nicht länger nachkam. Dem sofort auszuliefernden Strauß sollte ein Kärtchen beigefügt werden, mit den, wie er der Floristin diktierte, sibyllinischen Worten: *Von einem Mann, der Sie insgeheim seit dreißig Jahren liebt.*

Eine Stunde später hörten wir das Ehepaar angesichts der überbrachten Rosen gackern und schnattern und sich dann fragen, wer wohl der anonyme Verehrer sein mochte. Sie, die Alte, schien überglücklich, das Blut eines Mannes noch immer anzuheizen, während er ein regelrechtes Verhör begann, dem zu unterwerfen sich die alte Schachtel unter Hinweis auf ihre überaus christliche Tugendhaftigkeit weigerte. Was Christus damit zu tun hatte, leuchtete uns zwar nicht ganz ein, aber Papa und ich waren begeistert. Endlich kam etwas Schwung in den Wortwechsel dieser Dinosaurier!

Schon bald lösten laute Beschimpfungen die unterschwelligen Verdächtigungen ab. Der Nachbar meinte als den Schuldigen eindeutig seinen Bruder auszumachen, einen gewissen Célestin, den er dieses arglistigen Täuschungsmanövers für fähig hielt, wie er frei heraus erklärte. Tatsächlich schien die Alte eine Schwäche für den Jüngeren gehabt zu haben, in den Jahren vor dem Krieg, als sie, den Worten des Gatten zufolge, ein ausgekochtes Luder gewesen war.

Ich weiß nicht genau, was der Zubial bei diesem Zank, der entschwundene Gefühle wieder aufwühlte, mehr genoss: Die Freude darüber, dass diese beiden alten Leutchen erneut den Weg der Eifersucht eingeschlagen hatten, was bereits ein Fortschritt war, oder die Befriedigung, als Autor einmal mehr Pate gestanden zu haben für eine Szene, die er eingefädelt hatte, waren doch seine Nachbarn, durch die Zauberkraft eines Blumenstraußes und eines Kärtchens, einen Abend lang zu seinen Romanfiguren geworden.

Ich dagegen war überglücklich über Papas Mitwirken bei dem Versuch, eine abgetakelte Liebe aufzufrischen, und darüber, dass er die Gleichgültigkeit nebenan nicht hingenommen hatte. Diese seine Bereitschaft, sich niemals dem Unabänderlichen zu beugen, berührte mich tief. An seiner Seite spürte ich, dass leben kein Synonym für überleben ist, dass man selbst gegen den Zahn der Zeit ankämpfen kann; ihn zu besiegen war etwas anderes, aber allein ihm die Stirn zu bieten, fand ich großartig genug.

Jahre nach dem Tod des Zubial bin ich wieder auf diesen in der DDR konstruierten Apparat gestoßen, auf dem Speicher in Verdelot, in einer Kiste, in der sich auch gefälschte Dokumente mit dem Foto meines Vaters befanden. Etwa fünfunddreißig Jahre dürfte er damals alt gewesen sein. Einem alten Personalausweis zufolge hatte er sich zu jener Zeit Julien Dandieu genannt, ein Name, den er häufig für die Hauptrollen in seinen Filmdrehbüchern benutzte. Ein belgischer Pass wies ihn als Professor der Geschichte aus. Für welche anderen Leben hatte er sich diese Dokumente anfertigen lassen? Niemals werde ich die doppelten Böden seiner vielfältigen Existenz aufspüren. Ich musste bald feststellen, dass das Abhörgerät nicht mehr funktionierte. Die drei dicken Saugnäpfe waren verstummt. Ich habe sie dennoch aufgehoben. Ob ich sie eines Tages reparieren lasse? Wen aber dann belauschen? Und zusammen mit wem?

Ich weiß nicht, wann sich mein Kummer über seinen Weggang legt, dieses Gefühl völliger Einsamkeit, das am 30. Juli 1980 von mir Besitz ergriff. Seitdem, so scheint mir, kämpfe ich verzweifelt darum, durch meine Bücher oder durch meine Filme die Welt wieder so hinzubiegen, wie sie war, als er noch lebte, indem ich meinen Helden etwas von der Fantasie des Zubial mitgebe, indem ich die Wirklichkeit neu erfinde, wie er es seinerzeit so hemmungslos tat. Allerdings muss ich gestehen, dass mich das Schreiben von fiktiven Szenen nur dann restlos befriedigt, wenn ich die Ängste meiner Charaktere auf die Spitze treibe.

Anstatt mich darüber zu erregen, dass wir so sind, wie wir sind, habe ich mir die Auflehnung des Zubial zu Eigen gemacht, sein beharrliches Streben danach, stets er selbst zu sein, er, der so nachhaltig die Jahre prägte, die ich an seiner Seite verbrachte. Seiner unglaublichen Energie nachzuspüren, seinem rebellischen Geist, ob auf Papier oder in Filmen, tröstet mich und lässt mich wieder in diese herrliche Zeit eintauchen, da ich noch nicht unter seiner Abwesenheit litt.

Allerdings merke ich inzwischen, dass dieser Kampf als Autor mich für nichts und wieder nichts erschöpft und mit einer Abkehr von meiner wahren Natur einhergeht, die ich stets als zu unzulänglich angesehen habe, um mit ihm zu konkurrieren. Ich muss eben noch lernen, mich nicht kleiner zu machen, als ich bin, ich muss lernen, der ständigen Versuchung zu widerstehen, mich ins Abseits meiner Wahrheit verbannen zu lassen, meiner ureigensten Gefühle, die möglicherweise die wunderbarsten sind.

Eigentlich hatte der Zubial Unrecht: Die, die man liebt, braucht man nicht zu verklären, selbst wenn ihnen das gefällt. Der Wirklichkeit eine Absage zu erteilen ist unsinnig; aus diesem Konflikt resultiert nur, dass man sich selbst nicht leiden kann. Andererseits hat er mir mit seiner Haltung so unendlich viele Träume beschert ...

Ich habe mich oft gefragt, was aus unserer Beziehung geworden wäre, wenn mein Vater seinen letzten Krebs besiegt hätte. Wäre es mit dem Zauber immer so weitergegangen? Hätten wir uns überworfen? Das gestörte Verhältnis des Zubial zum Nain Jaune lässt mich vermuten, dass unser Zusammenleben in Paris von Spannungen überschattet worden wäre. Hätte ich überhaupt den Mut zum Schreiben gefunden, wenn er mir nicht den Platz freigemacht hätte? Manchmal glaube ich, er ist gegangen, damit ich nach meinem Maßstab lebe, und er hat sich gerade mal die Zeit genommen, mir genügend Träume einzuflößen, um ihm ähnlich zu werden.

Meine geografischen Kenntnisse über Paris sind in etwa die seinen. Seine Restaurants sind nicht die, die ich aufsuche, aber was er mir über Straßen und bestimmte Bauwerke von Paris erzählt hat, hat in meiner Vorstellung eine eigenartige Plastizität angenommen. Kürzlich habe ich mich dabei ertappt, dass ich Hugo, meinem ältesten Sohn, erklärte, das Palais Galliera in der Avenue du Président-Wilson sei innen völlig hohl:

»Ja doch, mein Junge, es besteht aus einem einzigen riesigen Raum und wurde im vorigen Jahrhundert von einem schwerreichen Mann erbaut, um dort eine wunderschöne Frau zu lieben.«

»Und sie, liebte sie ihn auch?«

»Gewiss doch, natürlich ...«

Meine Stimme war die des Zubial, und mein Sohn hatte meine erstaunten Augen, als ich ihm dieses Märchen auftischte, das ich von seinem Großvater hatte. Auch dass die Kuppel der Opéra Garnier mit Wasser gefüllt sei zur Bekämpfung von Bränden, erzählte ich ihm, und dass in diesem Riesenaquarium unzählige Robben lebten.

Papa hatte mir darüber hinaus weisgemacht, auf der Spitze des Eiffelturms befinde sich ein der *Nautilus* ebenbürtiger Kontrollraum, in dem Gustave Eiffel Teleskope von immenser Reichweite hätte aufstellen lassen, um das wirkliche Tun und Treiben der Pariser zu beobachten. Dem Vernehmen nach könne man von diesem Observatorium in luftiger Höhe alles sehen, die Wahrheiten ans Licht zerren, die sich hinter der Heuchelei des gesellschaftlichen Lebens verbergen. Selbst heute noch stelle ich mir, wenn ich in der Nähe des Champ-de-Mars bin, unwillkürlich vor, dass da hoch droben, in dieser fest verankerten *Nautilus,* einer steht und mich anpeilt; unwillkürlich lasse ich dann davon ab, mir in der Nase zu bohren, und denke an meinen Vater, diesen Schalk.

Der Zubial bewegte sich in einer imaginären Welt, die er letztendlich für wahr hielt, schon um die anderen von der Wahrhaftigkeit seiner Fabeln zu überzeugen. Durch ihn habe ich, bei Streifzügen durch die Stadt, einen Teil seiner Interpretation der Geschichte Frankreichs kennen gelernt.

Lange Zeit glaubte ich, die Place de l'Étoile sei deswegen so gestaltet, weil Baron Haussmann ebenso viele Mätressen hatte, wie es dort Straßen gibt. Der Zubial hatte mir versichert, dass der gute Mann, um keine Eifersüchteleien aufkommen zu lassen, beschlossen habe, sie in gleicher Entfernung zu seinem Büro in Höhe des Arc de Triomphe unterzubringen, in jeder Avenue eine. Auch dass der Louvre früher ein pompöses Bordell gewesen sei, in dem die ihren Lastern frönenden Könige ein- und ausgingen, hielt ich für wahr, und dass der Zoo von Vincennes eigentlich ein zweckentfremdetes Frauengefängnis sei, in das Ludwig XIV. Mätressen, derer er überdrüssig war, in Käfige unter freiem Himmel habe sperren lassen. Ferner war ich überzeugt, dass Maximilien de Robespierre, einer der größten Hahnreie der Geschichte, den Großen Terror vom Zaun gebrochen hatte, um die Schar der Liebhaber seiner Frau einzudämmen, und dass seit dem Zweiten Kaiserreich das Depot für polizeilich sichergestellte Fahrzeuge und Tiere streunende Hunde einfing, ihre Häute gerbte und daraus die Stiefel der Republikanergarden fertigte.

In meinem Kinderglauben stand für mich fest, dass Giscard eines Tages die Statue von Jeanne d'Arc in der Nähe der Tuilerien durch ein Reiterstandbild ersetzen würde, das ihn nackt auf einem Percheron aus Bronze darstellt, einen mächtigen Säbel schwingend. Schon weil der Zubial ausdrücklich darauf hinwies; angeblich hatte er diese Information aus so zuverlässiger Quelle, dass ich mich gelegentlich darüber wundere, die vergoldete Statue der Jungfrau von Orléans weiterhin auf ihrem angestammten Platz vorzufinden. Ein anderes Mal zeigte er mir das schäbige Hotel, in dem mit absoluter Sicherheit Zola sein *Ich klage an* geschrieben haben soll, an die Schulterblätter einer dreyfusschen Prostituierten gelehnt, die sich des emsigen Kritzelns ihres Kunden hinter ihrem Rücken gar nicht bewusst geworden wäre.

Zu fabulieren besänftigte ihn, befriedigte sein Bedürfnis, die Wirklichkeit zurechtzurücken; das Paradoxe daran ist, dass der Zubial, dieser Lügenbaron, erstaunlich ehrlich war. Ihm war daran gelegen, seine Gefühle zu zeigen, sein ausgeprägtes Taktgefühl hintanzustellen, um denen gegenüber, die er liebte, völlig aufrichtig zu sein. Im Grunde interessierte ihn nur die Wahrheit des Herzens; Genauigkeit war für ihn eine Tugend, die Pedanten zustand.

Ich entsinne mich noch an sein zerknirschtes Gesicht, als er in Verdelot einer Tischgesellschaft gestand, dass es ihn bedrücke, sich so wenig um meine Halbschwester Nathalie gekümmert zu haben. Als Vater komme er sich ihr gegenüber als Versager vor, er habe keine Ahnung, wie er es anstellen solle, damit sie zueinander fänden. Was er da vorbrachte, war schlimm, aber er verheimlichte sein Unvermögen keineswegs deshalb, um Anerkennung für seine plötzliche Aufrichtigkeit einzuheimsen – das wäre pervers gewesen. Nein, er tat seine Verwirrung kund, in schlichten Worten, rückhaltlos. Das war es wohl, was mich an diesem Tag so beeindruckt hat, seine Art, das zur Sprache zu bringen, was er empfand, seine Unzufriedenheit mit seinen Schwächen. Stets bereit, über alles zu lachen, den Alltag zu einem bühnenreifen Possenspiel hochzuschaukeln, war der Zubial nicht der Mann, der kneift, wenn die Schau vorbei ist und der Vorhang fällt, im Gegenteil.

Eines Tages, als wir in Verdelot waren, hatte er beschlossen, Bleiabgüsse von seiner und meiner rechten Hand zu machen. Ich muss damals zwölf gewesen sein. Wir hockten einander gegenüber in seiner Werkstatt, regungslos, unsere mit frischem Gips beschmierten Hände ineinander verschlungen, darauf wartend, dass die Form hart wurde, um sie dann mit flüssigem Blei auszugießen. Endlich hatte ich ihn; der umtriebige Zubial konnte mir nicht mehr entkommen. Das war der Augenblick, da ich ihm *die* Frage stellte, die mich in meiner Kindheit bewegte:

»Du und Maman, wie passt das eigentlich zusammen?«

»Schlecht«, kam es wie aus der Pistole geschossen.

Dann präzisierte er:

»Das soll nicht heißen, dass es schlecht ist. Ich liebe sie, und sie kann nicht anders, als mich auch zu lieben ...«

Was folgte, war derart offen und ehrlich, dass ich zu weinen anfing, ohne genau zu verstehen, was in mir vorging. Meine Tränen schienen ihn nicht zu stören. Dem Zubial gegenüber hielt ich es nicht für nötig, meine Gefühle zu unterdrücken, und ihm machte es nichts aus, seine vor mir auszubreiten. Ausführlich sprach er über meine Mutter als Frau, als den einzigen ungezähmten Engel, der ihm eine Vorstellung vom Himmel vermittelte, seine Ergänzung.

Er erzählte mir von dem schrecklichen Autounfall, bei dem sie, damals vierundzwanzig, beinahe ums Leben gekommen wäre. Zu jener Zeit waren sie bereits ein Liebespaar, um niemals aufzuhören, eins zu sein. Sie war mit einem unmöglichen Mann verheiratet, einem Fast-Genie und leider entsetzlich anhänglich. In einem Flur des Krankenhauses, in dem sich das Schicksal meiner Mutter entschied, hatten er und der Zubial ein Abkommen getroffen: Falls sie aus dem Koma erwachte, sollte der, dessen Namen sie in ihrem Dämmerzustand als ersten aussprechen würde, der Mann sein, der sie bekam. Tage- und nächtelang lösten Ehemann und Liebhaber sich an ihrem Krankenbett ab. Endlich wachte meine Mutter auf und hauchte ein Wort, ein einziges nur:

»Pascal ...«

Der Ehemann hielt Wort. Er zog augenblicklich einen Schlussstrich unter die gescheiterte Ehe und verschwand. Daraufhin gab ihr mein Vater seinen Namen, wohl wissend, dass er sich an ein nicht zu domestizierendes Muttertier band, an eine Frau, deren Mädchenname bezeichnenderweise Sauvage lautete.

Die Hand im feuchten Gips, sprach der Zubial derart überschwänglich von seiner grenzenlosen Liebe, dass ich völlig perplex war, die Frucht eines so romantischen

Abenteuers zu sein. Mein Vater war in diesem Augenblick wie ein Kind, durchdrungen von einer beispiellosen Unbefangenheit, von dieser verwirrenden Offenheit, der ich noch immer hinterherrenne. Vollkommen aufrichtig gab er sich mir gegenüber. Vielleicht wollte er mir zeigen, dass man so lieben sollte: unendlich wehrlos und verwundbar.

Als die Abdrücke trocken waren, gossen wir sie mit Blei aus, und unsere Hände erstarrten in alle Ewigkeit. Sie befinden sich noch immer in Verdelot auf einem von ihm gefertigten, rot lackierten Möbelstück. Wenn ich sie sehe, denke ich jedes Mal an die Stunden, in denen er mir von der großen Liebe erzählte, die er für meine Mutter empfand. Die Zeit ist vergangen, seine Frau ist eine andere geworden, sie ist jetzt auch die Frau eines anderen Mannes, aber wenn sie mich ansieht, scheint sie in meinem Blick noch immer den Zubial zu erkennen. In solchen Momenten verrät mir das Zucken ihres Gesichts eindeutig, dass dieser Teufelsbraten von Ehemann, dessen Leben so kurz bemessen war, sie auf ewig gezeichnet hat.

Eines Tages werden sie sich in einem Jenseits wiedersehen, wo er ihr ein Blütenlager bereiten wird; sie werden abermals heiraten, sie werden aufs Neue ihre Freiheit vermählen. Ich weiß es.

»Um es klar und deutlich zu sagen, Monsieur Jardin: Ihr Sohn ist ein ganz durchtriebener Bengel. An die Kandare nehmen sollte man ihn! Eine gehörige Tracht Prügel hat noch nie jemandem geschadet!«

Der das von sich gibt, ist ein Pfarrer von hundertzwanzig Kilo, mit einem Hirn, das in keinem Verhältnis zu seinem Körpergewicht steht; und dieser Dinosaurier erteilt Unterricht im Katechismus, in der Klosterschule, die mein Bruder und ich nun mal leider besuchen. An diesem Tag begleiten wir Frédéric, der damals acht Jahre alt gewesen sein dürfte, zur Abfahrt in die Skiferien. Der rebellische Sohn, der sich anschickt, in den Bus zu klettern, ist er. Ich, der ich auf dem Gehweg stehe, bekomme den Zornesausbruch des Geistlichen in der schwarzen Kutte mit. Offensichtlich ist der Zubial anderer Meinung, denn plötzlich gibt er jede Zurückhaltung auf.

»Guter Mann«, hält er ihm entgegen, »ich kenne Sie nicht, ich sehe Sie heute zum ersten Mal, und Sie erlauben sich, abfällig über meinen Sohn zu sprechen. Ich verachte Sie!«

Der Kirchenmann ist einen Moment lang wie versteinert, völlig perplex angesichts dieser Gegenwehr. Die augenblickliche Schwäche des Gegners nutzend, fährt der Zubial fort:

»Damit Sie's nur wissen – ich besitze zu Hause eine große Zange, jawohl, ganz recht, und mit diesem Werkzeug werde ich wiederkommen und Ihnen die Eier abzwicken, sollten Sie es wagen, meinem Kleinen auch nur ein Haar zu krümmen! Klack! Klack!«

Und der Zubial unterstreicht seine Worte mit einer dramatischen Geste. Frédéric ist verdattert; schließlich muss er mit dem gedemütigten Priester drei Wochen lang unter einem Dach leben. Meine Mutter versucht zu vermitteln, lässt immer wieder ein *Herr Abt* einfließen, um zu retten, was noch zu retten ist. Aber der Geistliche bleibt ungnädig, die Sache ist verfahren.

Sobald der Zubial sich zwang, den klassischen Vater herauszukehren, indem er uns zur Schule begleitete oder unsere Lehrer aufsuchte, stand unweigerlich Unheil bevor.

In unserem Gymnasium war es üblich, jeweils zu Beginn eines neuen Schuljahrs beim Direktor, der auch Französisch unterrichtete, vorzusprechen. Von dem Zeitpunkt an, da ich in die sechste Klasse kam, hatte meine Mutter ausdrücklich darauf bestanden, dass mein Vater uns am ersten Schultag begleitete. Die Unterredung verlief glatt, bis zu dem Augenblick, da der mit französischer Grammatik Befasste ihn fragte:

»Und wie steht's bei Alexandre mit Mathematik?«

Da der Zubial zu diesem Thema nichts zu sagen wusste, beugte er sich fragend zu mir, worauf ich ihm bedeutete, ich sei *mittelmäßig,* ein dehnbarer Begriff, der mir erlaubte, meine schulischen Leistungen in dieser Weise über den Großteil meiner Jahre im Gymnasium hinweg zu bewerten.

»Wie ärgerlich«, meinte der Professor in der Soutane, »denn ohne Mathematik kommt man heutzutage nicht weit ... Französisch, das ernährt seinen Mann nicht!«

Verblüfft grinste der Zubial mich an. Unser Gegenüber hatte keine Ahnung, dass mein Vater seit jeher mit seiner Fantasie Geld verdiente und dass neun Jahre später meine Träume wiederum mich ernähren würden. Und dann legte Papa prompt los, machte deutlich, dass der Beruf des Buchhalters für mich nicht infrage käme, wies darauf hin, dass es der Welt an Dichtern mangele, und brachte seinen Abscheu für Genauigkeit zum Ausdruck. Der kurzsichtige Professor hielt es für seine Pflicht, ihn zur Vernunft zu bringen; ich sah das Drama auf uns zukommen.

»Monsieur«, sagte jetzt der Zubial, »ich habe zu Hause eine überdimensionale Gurke in einem Essigbehälter. Ich wollte sie Lino Ventura schenken, dem Schauspieler. Sie kennen ihn doch?«

»Nein«, sagte der weit mehr mit dem Messbuch als mit dem Film Vertraute.

»Diese Gurke jedenfalls werde ich jetzt Ihnen schenken, und Sie können sie sich dann im Quadrat in die Zwiebel einschieben ...«

»In die Zwiebel?«

»In den Hintern, ja, und damit's nicht so wehtut beim Einführen, empfehle ich Ihnen blaues Kokain, das beste!«

Überflüssig zu erwähnen, dass dadurch meine Anfänge in der sechsten Klasse nicht erleichtert wurden. Der Sohn von Pascal Jardin zu sein war nicht immer einfach, noch dazu in einem Alter, in dem man darauf bedacht ist, bloß nicht aus der Reihe zu tanzen. Andererseits lernte ich durch seine launischen Einfälle, niemals vor den Mächtigen dieser Welt zu kuschen. Er brachte mir bei, respektlos gegenüber aller Engstirnigkeit zu sein, gegenüber denen, die an Vorstellungen, die man selbst hat, herumzumanipulieren versuchen, die einen am Träumen hindern.

Ohne Unterlass hielt mich der Zubial dazu an, mir über mein eigenes Verhalten im Vergleich zu seinem Rechenschaft abzulegen. Ich war noch ein Kind, aber ich spürte bereits, dass er sich dafür entschieden hatte, die glatten Fassaden der Wirklichkeit zu erklimmen, weil sie mehr Geschicklichkeit erforderten, weil die steilsten Pfade gleichzeitig die sind, die uns die Chance bieten, es mit unseren Ängsten aufzunehmen, die uns beeinträchtigen und uns zu Spatzen machen, während wir doch geboren sind, um ein bisschen mehr zu sein.

Seit er nicht mehr da ist, habe ich alle möglichen Menschen kennen gelernt. Wenige haben mich derart provoziert, keiner hat mich so heftig in die Ringseile geschleudert, dass ich zurückgeprallt wäre. Ein Tag mit dem Zubial brachte mit sich, dass ich meine Verzagtheit immer mehr abstreifte. An seiner Seite musste man sich täglich aufs Neue beweisen, gegen seine eigene Unzulänglichkeit ankämpfen, der Versuchung widerstehen, weniger zu sein als man ist.

Wenn wir mit dem Auto unterwegs waren und dann ein Schild *Andere Richtungen* auftauchte, folgte er ihm nicht selten, um herauszufinden, was sich hinter solch rätselhaften Worten verbarg, die für ihn alles Mögliche bedeuten konnten. Es mag verrückt klingen, aber genau das tat er, um einmal mehr das Schicksal herauszufordern; und fast immer, wenn er dadurch dem Zufall Tür und Tor öffnete, ereignete sich Aufregendes.

Sich auf einem schmalen Grat zu bewegen, war seine Obsession, seine Art, den Tod zu beschwören. Dass er einmal mehr als vier oder fünf Stunden hintereinander untätig geblieben wäre, habe ich niemals erlebt.

Das letzte Mal, dass ich in Begleitung des Zubial einem Wegweiser *Andere Richtungen* gefolgt bin, dürfte gewesen sein, als ich vierzehn war. Wir kamen aus der Schweiz zurück, wo er den Bedarf seiner betagten Mutter an wohligen Schauergeschichten mit der Schilderung seiner neuesten Streiche gestillt hatte. Als wir also durch das bereits schlafende Besançon fuhren, entdeckte Papa dieses Verkehrsschild, das zum Abenteuer einlud: *Andere Richtungen.*

Es dürfte kurz vor Mitternacht gewesen sein. Die nicht vorgesehene Route führte uns in ein dunkles Waldgebiet. Da ich mir nicht gut vorstellen konnte, was für ein Erlebnis um diese Zeit im Jura auf uns warten mochte, bat ich ihn umzukehren, als er plötzlich etwas bemerkte, scharf abbremste, zurücksetzte und anhielt. Die Scheinwerfer seines Wagens beleuchteten ein Schild, das zu einem Schloss wies, dessen Namen ich lieber verschweige. Von einer mir unbegreiflichen Erregung ergriffen, sagte er daraufhin:

»Dort habe ich 1953 meinen neunzehnten Geburtstag gefeiert. Am Ende dieser Allee bin ich wieder knapp zwanzig!«

Und schon fuhr der Zubial die breite Allee entlang, die zu einem hochherrschaftlichen Sitz führte, während ich meine Bedenken zum Ausgang dieses Abends anmeldete.

»Weißt du, wie spät es ist, Papa ...«

»Mein Junge, es ist niemals zu spät, zwanzig zu sein ...«

Jemanden zu belästigen ist mir unendlich peinlich. Ich gehöre zu denen, die in Paris lieber drei Mal um einen Block fahren, als einen Passanten nach dem Weg zu fragen; eine eigenartige Schüchternheit hält mich davon ab. Auch damals bestand ich darauf umzukehren, aber der verrückte Kerl hörte nicht auf mich. Offenbar stand der Zubial ganz im Bann dieser unerwarteten Wiederbegegnung mit einer Vergangenheit, von der ich keine Ahnung hatte.

»Sylvia hieß sie ... ihren Eltern gehörte die Papierfabrik, in der ich gearbeitet habe, im Zentralmassiv. Auch in der Textilindustrie hatten sie ihre Finger drin, hier, in Besançon. Wenn der Vater gleichzeitig der Arbeitgeber ist, ist es immer ein bisschen brenzlig, sich mit der Tochter einzulassen ...«

»Was hast du vor? Bestimmt haben sie das Schloss längst verkauft. Oder aber es ist niemand da. Die Aufseher werden uns eins überbrennen.«

»Hab Vertrauen.«

Die beiden Namen auf den Briefkästen bestätigten, dass kein Besitzerwechsel stattgefunden hatte; dass die Familiennamen verschieden waren, jagte mir dagegen einen Schreck ein, besagte dieser Umstand doch eindeutig, dass ein Ehemann hier wohnte. Der Zubial seinerseits sah darin keinen Hinderungsgrund, vielmehr einen zusätzlichen Nervenkitzel, während ich, aufs Höchste beunruhigt war und Komplikationen ahnte; außerdem war ich müde, und überhaupt musste ich am nächsten Tag um acht Uhr wieder in der Schule sein.

Er hielt den Wagen unweit der großzügigen, von einem bleichen Mond nur schwach erhellten Auffahrt an. Alles schien zu schlafen, oder aber das Haus war unbewohnt.

»Papa, sollen wir nicht lieber weiterfahren?«

Statt einer Antwort wies er auf das Schlafzimmer von Sylvia im ersten Stock, um mir dann nicht ohne Wehmut zu berichten, dass er damals mehrmals den wilden Wein der Fassade hochgeklettert sei, um von dort aus durch das Fenster bei ihr einzusteigen, ohne Wissen ihres Vaters. Ich stimmte ihm zu, dass dies fürwahr romantisch gewesen sein müsse, dass wir jetzt aber verschwinden sollten, als er mir eröffnete, er habe die Absicht, diese Kletterpartie zu wiederholen! Ich hielt das zunächst für einen Scherz, aber nein, der Zubial entledigte sich bereits seiner Jacke und machte sich daraufhin an die Besteigung des wilden Weins, und zwar so ungelenk, dass er mir wie Buster Keaton vorkam.

»Papa«, flüsterte ich, »sie ist nicht mehr zwanzig, und das ist auch nicht mehr ihr Schlafzimmer. Was also hast du vor?«

»Einer Erinnerung nachzuspüren.«

»Das ist doch lächerlich.«

»Nein. Lächerlich ist es hinzunehmen, dass die Zeit vergeht! Komm und hilf mir.«

»Und wenn man uns erwischt?«

»Sandro, *hör auf, Angst zu haben.* Ein für alle Mal.«

Der Ton, in dem er dies sagte, hatte eine ungeheure Wirkung auf mich; seine bewegte Stimme, so beschwörend und so liebevoll, ließ mich plötzlich spüren, wie wichtig ihm war, was er da von mir verlangte: *Hör auf, Angst zu haben, ob vor der Dunkelheit, dem Unbekannten, der Polizei, den Frauen, der Liebe, vor morgen, vor dir. Hör auf, ein Sklave zu sein!* Auf der Stelle waren meine Befürchtungen wie weggeblasen, und zum ersten Mal erlebte ich das Schwindel erregende Vergnügen, meine Angst zum Schweigen zu bringen, dieses Hochgefühl, das einhergeht mit dem Bewusstsein, einen entscheidenden Sieg davongetragen, eine neue Freiheit erobert zu haben.

Ich trat zu ihm, leistete ihm Steighilfe. Von meinen Skrupeln befreit, sah ich atemlos zu, wie dieser fünfundvierzigährige Mann völlig ungehemmt und zum eigenen Vergnügen – vielleicht auch zu meinem – diese Kletterpartie seiner damals neunzehn Jahre wiederholte, konnte doch kein Zweifel daran bestehen, dass seine Sylvia nicht mehr hinter jenem Fenster anzutreffen war, jedenfalls nicht mehr die, die in seinem Herzen weiterlebte. Es war ein außergewöhnliches Schauspiel, ihm bei diesem Rückfall in seine Jugend zuzuschauen, diesmal ausgeführt mit tollpatschigen Bewegungen und einem weniger geschmeidigen Körper.

In der ersten Etage angelangt, lehnte sich der Zubial gegen die Scheibe, warf einen Blick ins Zimmer und raunte mir enttäuscht zu, dass dort niemand sei, was ich ja bereits geahnt hatte; statt nun aber kehrtzumachen, beschloss er, Sylvia zu suchen und die Jahre auszulöschen, die sie trennten! Meine Appelle an die Vernunft nützten nichts. Von seinem Traum beflügelt, drückte er eine Scheibe ein und verschwand im Haus.

Jetzt bekam ich doch wieder Angst. Allein gelassen, stand ich nicht länger unter dem Einfluss seines hypnotischen Zaubers. Was würde passieren? Ich sah ihn bereits auf der Polizeiwache oder von einem aufgebrachten Ehemann mit einem Gewehrschuss niedergestreckt. In der oberen Etage ging Licht an. Ich hörte eine Stimme, einen Aufschrei. Ohne zu überlegen, machte ich mich aus dem Staub, nicht nur um einem möglichen Verfolger zu entkommen, sondern dieser Situation insgesamt, die mir Kälteschauer über den Rücken jagte. Ich flitzte zum Auto, das von einem Gebüsch abgeschirmt wurde, und schloss mich dort ein. Mein Herz klopfte zum Zerspringen.

Dreißig Minuten des bangen Wartens begannen. Der Zubial ließ sich nicht blicken, und mir blieb schleierhaft, wie er es schaffte, die Furcht zu zähmen, die mich in diesen Augenblicken fest im Griff hatte. Meine Hände waren eiskalt. Ich zitterte vor Scham, nur ich selbst zu sein, und gleichzeitig zwang ich mich, dieses Bibbern, das ich vor ihm zu verbergen verstand, abzustellen. Er tauchte noch immer nicht auf. Ich lauschte in die

Nacht, machte mich darauf gefasst, eine Detonation zu hören oder die Sirene eines Streifenwagens der Gendarmerie. Was hätte ich den Ordnungskräften sagen können? Dass sein Tun mit dem normalen Menschenverstand nicht nachvollziehbar war? Die Minuten schleppten sich dahin, endlos. War der Zubial tot, oder rekelte er sich im Bett jener Dame? Diese reizvolle Hypothese schien mir die am wenigsten wahrscheinliche. Bietet sich eine Frau ihrem Einbrecher dar mit der fadenscheinigen Begründung, ihn früher einmal gekannt zu haben? Meine Überlegungen waren müßig, schon weil sich die Möglichkeiten dessen, was sich normalerweise ereignet, erschöpften. Der Zubial hatte sich einmal mehr auf eine dieser Situationen eingelassen, in der niemand mehr sein Verhalten beeinflussen konnte. Sylvia konnte sich ihm hingegeben, ihn aber ebenso gut abgewiesen oder ihm ein Bier angeboten und über ihre Menopause gesprochen haben. Die Wirklichkeit sollte sich als noch viel verwirrender erweisen.

Endlich, nach einer geschlagenen halben Stunde, erschien der Zubial wieder. Seine Miene war vergnügt; ein siegessicheres Lächeln erhellte seine Züge.

»Komm mit, Sandro. Wir übernachten heute hier.«

»Ist Sylvia denn da?«

»Nein. Nur ihre Tochter und irgendwelche Freunde. Die schlafen aber schon. Sie ist Sylvia wie aus dem Gesicht geschnitten und heißt Judith.«

»Was hast du ihr erzählt?«

»Die Wahrheit.«

»War sie davon angetan?«

»Sehr.«

In der Halle bin ich, soweit ich mich erinnere, einer bildhübschen jungen Frau begegnet, die mir in einem der Türme des Schlosses sogleich ein Zimmer zuwies. Statt einem Nachthemd hatte sie ein T-Shirt an und Kniestrümpfe; ihre braun gebrannten Schenkel waren nackt, ihr Gesicht entzückend. Am nächsten Morgen sind wir bei Tagesanbruch weitergefahren, ohne ihr nochmals zu begegnen. An jenem Montag bin ich zu spät zur Schule gekommen.

Ich habe Judith erst am 30. Juli 1996 wiedergesehen, als ich die Mätressen des Zubial in der Kirche Sainte-Clotilde überraschte. Sie gehörte zu denen, die weinten. Ihr Schluchzen ließ ihre Brust erbeben, nahm ihr fast den Atem. Alles war gesagt.

Seither überkommt mich auf Straßen mit Schildern, auf denen *Andere Richtungen* steht, Wehmut. Eines nicht allzu fernen Tages werde auch ich die Autobahnen meines Alltagstrotts verlassen und einem solchen Wegweiser folgen. Wohin wird er mich führen? Besser gesagt: Wohin werde ich mich führen lassen? Der Zubial hat mich gelehrt, dass es sich nicht lohnt, wenn die Gabelung eines Weges zu eindeutig beschildert ist, und dass man den richtigen Weg nur findet, wenn man sich treiben lässt.

Frühjahr 1977. Jeanine, unsere Haushälterin, öffnet die Tür des Salons in Verdelot und stößt einen Schrei aus. Durch ihr Kreischen aufgescheucht, lassen wir Kinder unser Frühstück im Stich und scharen uns um sie. Gemeinsam starren wir auf ein menschliches Gerippe, das an einem Balken neben dem Kamin baumelt.

Zehn Minuten später erscheint der Zubial und klärt uns auf, dass dies das Skelett von Talleyrand sei. Ich glaube meinen Augen nicht zu trauen! Mein Mund ist wie ausgetrocknet. Das Knochengerüst von Charles Maurice de Talleyrand-Périgord, Außenminister unter Napoleon! Papa versichert ausdrücklich, dass er es ist; als Beweis deutet er auf das lückenhafte Gebiss, das den Anschein eines ständig höhnischen Grinsens erweckt.

Einem befreundeten Antiquitätenhändler sei es gelungen, dieses einzigartige Objekt für ihn – man errät, warum – zu ergattern, für eine horrende Summe. Wir seien nicht die Einzigen, die auf alles abfahren, was mit diesem großen Mann zusammenhängt; jetzt könnten wir ihm nicht näher sein. Dieses Stückwerk aus schlecht erhaltenem Kalk sei unlängst mit erheblichem Aufwand in London restauriert worden. Instand gesetzt und sauber wie nie zuvor, hält es bei uns Einzug. Talleyrand ist wieder auferstanden.

Vielleicht habe ich niemals so sehr das Gefühl gehabt, etwas unsagbar Kostbares zu besitzen; es war beinahe so, als hätten wir das Skelett von Micky oder Tintin erhalten. Jahrelang hatten der Zubial und ich Talleyrand gespielt, sein Hinken nachgemacht, uns wie er verschiedene Wollschichten übereinander gezogen, seine Auftritte nachgeäfft. Wir kannten seine berühmtesten Aussprüche, und wenn wir keine mehr auf Lager hatten, erfanden wir ausgefallene hinzu, die ihm durchaus zuzutrauen gewesen wären.

Zaghaft habe ich mich vorgewagt und die Hand berührt, die so viele Abkommen unterzeichnet hatte, um Europa neu zu gliedern, die so viel Geld verteilt und empfangen hatte, die Hand, die über die Körper so vieler Frauen geglitten war, diese Hand, die die von Danton gedrückt hatte, von Mirabeau, von Bonaparte, von Robespierre, die sämtlicher Mitglieder des Konvents, die dieses Schurken Barras, die des unerbittlichen Fouché, von Ludwig XVIII., von Karl X., die des Fürsten Metternich höchstpersönlich, die des Zaren Alexander – und jetzt auch die meine! Als künftiger Herrscher über Europa war ich tief bewegt.

Leider wollte meine Mutter dieses erlauchte Skelett nicht in unserem Salon belassen; es war ihr unheimlich. Talleyrand wurde also auf den Speicher verbannt, wo ich ihm jeweils am Wochenende meine Aufwartung machte und die Spinnweben entfernte, die ihn verunzierten. Hin und wieder hielt ich in seiner Gegenwart einen improvisierten Vortrag, um mich als Redner in der Kraft des Ausdrucks zu üben. Ich bildete mir ein, vor dem Konvent von 1793 zu stehen. Selbst den Aufruf vom 18. Juni habe ich diesem so duldsamen Skelett mit Inbrunst vorgelesen, wobei ich in eine Mikrofonattrappe sprach, die bei den Dreharbeiten zu *Borsalino* verwendet worden war; auf diesem geräumigen Speicher stapelten sich nämlich Requisiten von Filmen des Zubial und von Liebhabern meiner Mutter.

Und dann habe ich eines Tages bei meinem Großvater mütterlicherseits, einem Chirurgen im Ruhestand, zufällig in einer medizinischen Zeitschrift das Röntgenbild eines Klumpfußes entdeckt und daraus abgeleitet, dass der Zubial geschwindelt hatte, eiskalt. Das keineswegs deformierte Skelett auf meinem Speicher konnte unmöglich das von Charles Maurice sein, der ja bekanntlich einen Klumpfuß besaß.

Bei einem Abendessen im Restaurant mit meiner Mutter und dem Zubial bin ich auf diese Lüge, die mich rasend machte, zu sprechen gekommen und habe zum Beweis die Zeitschrift gezückt. Der Zubial räusperte sich daraufhin peinlich berührt und trank erst einmal ein großes Glas Mineralwasser aus.

»Womit sich die Frage erhebt«, sagte meine Mutter beklommen, »wessen Skelett es dann ist.«

Jetzt hob mein Vater an zu einer aus- und abschweifenden Erklärung voller Pirouetten, die zu nichts weiter dienten als dazu, einer klaren Antwort auszuweichen.

Bis meine Mutter ihn unterbrach und ihn aufforderte, uns endlich zu verraten, wessen Skelett da in unserem Speicher hing.

»Das ist ...«, brummelte schließlich der Zubial, »es handelt sich um ... nun ja, um Paul.«

»Was für ein Paul?«

»Paul Morand.«

Meine Mutter stieß einen spitzen Schrei aus, noch gellender als das hysterische Aufkreischen von Jeanine damals, als sie die Tür zum Salon geöffnet hatte. Das gesamte Restaurant wandte sich zu uns um. Und der Zubial beeilte sich, uns zu erklären, dass Morand meinem Onkel Gabriel Jardin die Rechte an dem Teil seines Œuvres, das bei Gallimard erschienen ist, vermacht habe, seinen Leichnam dagegen der Wissenschaft mit der Auflage, dass sein Schriftstellerskelett gereinigt werde und anschließend meinem Vater zu übergeben sei.

Diese testamentarische Verfügung war ganz typisch für das, wozu der Zubial andere zu veranlassen vermochte. In seiner Gegenwart kamen mehr oder weniger alle auf die abstrusesten Gedanken; er weckte ihren im Unterbewusstsein schlummernden Wahnsinn, worauf sie, um ihm eine Freude zu machen, ihm hin und wieder die ausgefallensten Geschenke zukommen ließen.

Wie der Zubial ausführte, hatte Morand in seinem Testament bestimmt: *Ich wünsche, dass mein zähnefletschendes Skelett Pascal Jardin bis zu dessen eigenem Tod angrinst.* Da Papa nicht gewusst hatte, wie er uns das beibringen sollte, war er auf die Idee verfallen, uns vorzugaukeln, dieses Knochengerüst sei das des abtrünnigen Bischofs; auf diese Weise, so erklärte er uns, wollte er mir eine Freude machen und meine liebe Maman nicht allzu sehr verschrecken.

»Ein uraltes Skelett jagt einem doch weniger Angst ein als das von jemandem, den man gekannt hat, stimmt's?«

Meine Mutter war leichenblass und außer sich, dass der Zubial auf etwas Derartiges hatte verfallen können; makaber fand sie das und geschmacklos. Stimmt ja auch; es ist nun mal nicht unbedingt witzig, wenn das Skelett des Liebhabers der eigenen Mutter im Speicher hängt. Ich dachte an all die flammenden und mit Überzeugung vorgetragenen Reden, die ich vor den Überresten des großen Schriftstellers gehalten hatte, anstatt mich direkt an den Minister unter Napoleon zu wenden; dieser Irrtum bekümmerte mich sehr. Unser Abendessen nahm ein rasches Ende. Noch vor dem Nachtisch brachen wir auf, weil meine Mutter darauf bestand, dass Paul Morand noch am selben Abend aus Verdelot verschwand. Nur, wie ihn loswerden?

Die Angelegenheit artete zu einer höchst komplizierten Sache aus. Kein Mensch stellt sich mir nichts, dir nichts ein Skelett ins Wohnzimmer, und der Zubial sträubte sich dagegen, dass man es einfach hinten im Garten verscharrte. Eine Weile überlegten wir, es dem Musée de l'Homme zu schenken, aber der Konservator wollte Paul nicht mit der Begründung, dessen politische Vergangenheit sei undurchsichtig; außerdem sei sein

Haus nicht dazu bestimmt, Schriftsteller bei sich aufzunehmen. Genauso unmöglich war es, ihn einem normalen Friedhof zu überlassen; dafür sei eine Bestattungsfreigabe erforderlich, hieß es, und wir konnten keinen Gerichtsmediziner auftreiben, der bereit war, den Tod des Autors zu attestieren. Der Zubial weigerte sich ebenfalls, diesem sperrigen Pensionär bei sich Unterschlupf zu gewähren, indem er vorgab, seine auch noch im Rückblick für Morand schwärmende Mutter hätte bestimmt etwas dagegen. Endlich kam meinem Vater der rettende Einfall, wie wir aus dieser Zwickmühle herausfanden.

Mithilfe des Schlachters eines Dorfes unweit Verdelot wurde Paul Morand einer Gemeindeschule von Seine-et-Marne gestiftet, zur Genugtuung des Rektors, der über diese pädagogisch wertvolle Akquisition für den Aufklärungsunterricht hocherfreut war. Soweit zu erfahren ist, sind die Dorfkinder ebenfalls hellauf begeistert. Damit endete die Karriere des bedeutenden Stilisten. Als Mann einer unbeugsamen und elitär denkenden Rechten, Intimus von Proust, Verfechter hereditärer Begriffe, hängt Morand heute von der Decke einer republikanischen Schule, in der Freiheit, Gleichheit und Brüderlichkeit gelehrt wird – weil er irgendwann einmal dem Zubial begegnet ist.

Meinem Vater zu begegnen bedeutete nicht selten, andere Wege einzuschlagen als die, welche man bis dahin als die am besten geebneten angesehen hatte. Der Zubial verstand sich prächtig darauf, die Schicksalskarten neu zu mischen. Sein Streben war es, mit Witz und Fantasie die Lebensweichen seiner Mitmenschen zurechtzurücken. Ich glaube, darüber hinaus hegte er die Befürchtung, dass die Menschen, die er liebte, und auch er selbst, sich durch ein übertriebenes Sicherheitsdenken in Hohlköpfe verwandeln.

Jetzt, da ich dies schreibe, lässt mich ein Zweifel stocken: Wenn nun der Zubial mich einmal mehr belogen haben sollte? Wer sagt denn, dass dieses Skelett tatsächlich das Gerippe von Paul Morand war? Papa könnte sehr wohl geflunkert haben, so gut, dass er selbst daran glaubte, derart beseelt war er von dem Bedürfnis, der Wirklichkeit Widerstand zu leisten. Immerhin wies dieses Skelett krumme Reiterbeine auf, wie sie auch der Verfasser von *L' Homme pressé* hatte. Folglich ...

Wie auch immer, wichtig ist nur, dass es wunderbare Menschen gibt, Zubials, die ständig darauf aus sind, das Dasein in eine Komödie zu verwandeln, die zu erleben durchaus lohnenswert ist. Je mehr Zeit verstreicht, je mehr die hohe Dosis Normalität mich einengt, desto weniger finde ich mich damit ab, tatenlos in einer von Ernsthaftigkeit geprägten Epoche zu verrotten. Hätte der Zubial zu Ende dieses 20. Jahrhunderts er selbst sein können? Es stimmt, dass das Paris der siebziger Jahre ein Zoo war, in dem alle möglichen sonderbaren Individuen frei herumliefen. Sind sie ausgestorben?

Auf eine völlig verrückte Geschichte möchte ich zurückkommen, nämlich darauf, was in der Nacht und am folgenden Tag nach dem Abend geschah, an dem der Zubial und Manon ein sattes Vermögen im Kasino von Deauville gewonnen hatten. Der Leser sei daran erinnert, dass ich mich in Begleitung von John befand, meinem englischen Brieffreund, der nur noch staunen konnte über unsere Lebensgewohnheiten, die er für die der Franzosen schlechthin hielt.

Nachdem also der Zubial diesen unerhofften Geldsegen eingesackt hatte, kutschierte er uns nicht auf direktem Wege nach Paris zurück. Er erachtete die Umstände als außergewöhnlich genug, um sich eine Pause zu gönnen und nachzudenken. Deshalb bezogen wir noch am selben Abend eine Suite des Hotels Normandy. Manon, mangels anderer Bekleidung noch immer in ihrem mit Straußenfedern aufgeputzten Paillettenkostümchen, sorgte bei ihrem Erscheinen am Empfang für Furore. Der Engländer folgte uns auf den Fersen, ohne dass der Verlauf der Ereignisse ihn irgendwie aus seiner Reserve gelockt hätte.

Kaum hatten wir unsere Zimmer bezogen, erklärte uns Papa, dieses vom Himmel gefallene Geld sei eine

Katastrophe und dass wir es deshalb so schnell wie möglich ausgeben müssten.

»Calamity! Calamity!«, sagte er immer wieder zu John und deutete dabei angewidert auf sein mit Banknoten voll gestopftes Köfferchen.

Zunächst habe ich gar nicht begriffen, warum er so versessen darauf war, dieses Geld loszuwerden. Manon erging es nicht anders; sie war überglücklich, dass der Zubial ab jetzt in der Lage war, sich verstärkt seinem dichterischen Schaffen zu widmen und sich darüber hinaus dieses oder jenes zu leisten. Sie freute sich ehrlich, dass eine derart Schwindel erregende Summe in die Hand eines Mannes wie ihn gefallen war, dessen grenzenlose Sehnsüchte und beispielloser Ideenreichtum mithilfe dieses Vermögens aufs Beste und Großzügigste in die Tat umgesetzt werden könnten. Der Zubial indes wirkte am Boden zerstört.

Indem wir ihm die Füße massierten, gelang es uns, ihn ein wenig zu beschwichtigen und ihn zu überreden, schlafen zu gehen, was er widerwillig tat und auch erst, nachdem er sich zwei Liter Tee hatte kommen lassen, den er hintereinander austrank, um *seine schlechte Laune runterzuschwemmen,* wie er sich auszudrücken beliebte.

Mitten in der Nacht jedoch wurden wir von seinen Schreien geweckt; eine Nierenkolik plagte ihn. Der herbeigerufene Notarzt, ein Quacksalber, verpasste ihm zur Linderung der Schmerzen eine Spritze, die wiederum eine Allergie hervorrief und den Zubial wie einen

Ballon anschwellen ließ. Ein grotesker Anblick. Ein zweiter Arzt wurde geholt und erwies sich als ebenso unfähig wie der erste, auf die subtile zubialeske Psychologie einzugehen; er wurde zum Teufel gejagt, nicht ohne ihm zu seinem großen Erstaunen ein paar Scheinchen aus dem Koffer als Entgelt für seine Stümperei zugesteckt zu haben. Zu guter Letzt musste Madame Wang anrücken, eigens aus Paris. Sie war es, die, nachdem sie ihm ein paar Nadeln in die Ohren gesteckt hatte, bei Tagesanbruch dem Blutstau ihres Patienten erfolgreich zu Leibe rückte und die treffende Diagnose stellte:

»Er erträgt das nicht ...«

»Was?«, fragte Manon.

»Den Überfluss, den Reichtum.«

Nach zwei daraufhin verabreichten Einläufen erschien der Zubial im Morgenrock aus seinem Zimmer, gezeichnet von dieser körperlich wie moralisch niederschmetternden Nacht. Wie er uns sodann eröffnete, fühlte er sich außerstande, es mit einer nicht länger finanziell angespannten Lage aufzunehmen. Indem er stets ruinös üppig gelebt habe, sei er zum geschickten Taktiker geworden. Seine Einnahmen seien gewaltig, seine Ausgaben noch gewaltiger, und aus diesem Ungleichgewicht erwachse das Gleichgewicht, das er brauche, um sich ausreichend unter Druck gesetzt zu fühlen und zügig drauflosszuschreiben. Dieses Geständnis des Zubial zeigte alle Symptome der Aufrichtigkeit. Sein Gesichtsausdruck war der eines Kindes, das sich verlaufen hat; echte Verzweiflung sprach daraus.

»Ich bin gegen Bequemlichkeit«, schloss er.

Um sich schnellstmöglich zu entlasten, zog er einen Stift und ein Stück Papier heraus, schrieb die Summe darauf, die er gewonnen hatte, zog davon seinen Spieleinsatz, die Übernachtung im Hotel, die Kosten für ein Kleid für Manon sowie für zwei Paar Rollschuhe für John und mich ab und stellte über die verbleibende Summe einen Scheck zu Gunsten des Roten Kreuzes aus. Als er den Umschlag zuklebte, der ihn von dem Ärgernis befreite, ohne Geldsorgen zu leben, sahen wir ihn erstmals wieder lächeln.

Dieser Augenblick bleibt mir wie ein eindrucksvoll unwirklicher Moment in Erinnerung, als faszinierend und erschreckend leichtsinnig. Vor allem nach dem Tod des Zubial, als meine Mutter sich den Anforderungen des Lebens stellen musste, habe ich immer wieder daran zurückgedacht. Um uns durchzubringen, hat Maman sofort zu arbeiten angefangen, und damals nahm ich es meinem Vater übel, dass sie sich so abstrampeln musste, weil er seinerzeit nicht mal im Traum daran gedacht hatte, seine Steuerschulden zu begleichen, die uns noch lange, nachdem er sich aus dem Staube gemacht hatte, verfolgten.

Eines Abends, als mir meine Mutter nach einem anstrengenden Arbeitstag entsprechend abgespannt vorkam, habe ich ihr von seiner üppigen Spende erzählt; ohne zu zögern, hat sie erwidert:

»Dein Vater hat richtig gehandelt.«

Ich habe sie angestarrt, als hätte jetzt auch sie den

Verstand verloren, und die Großherzigkeit ihrer Antwort erst Jahre später begriffen. Es ist noch nicht lange her, dass mir bewusst geworden ist, wie sehr das Bedürfnis nach Sicherheit die Seele einengt; bis dahin war mir nicht klar, inwieweit die Gewissheit, sein gewohntes Leben beibehalten zu können, ein schädliches Narkotikum für diejenigen ist, die sich der Hochseilakrobatik verschrieben haben. Der Zubial, der in vielem so reich war wie an Schulden, wäre geradezu kastriert gewesen. Seine Fantasie war eine Ausgeburt seiner Ängste, seine vielfältigen Talente kamen durch unzählige Schwierigkeiten, die ihn umkreisten und in die er sich ständig tiefer verstrickte, zum Tragen. Meine Mutter war aus dem gleichen Holz, dafür geschaffen, sich im Sturm zu biegen, ohne zu zerbrechen. Beide frönten der Leidenschaft, sich zu exponieren, sich niemals abzusichern, um besser zurückzufedern. Ihre Liebe erneuerte sich, indem sie sie verletzten, erfuhr Bereicherung in den Stürmen, die sie gemeinsam durchlebten.

Nachdem der Zubial in Deauville seinen mehr als generösen Scheck an das Rote Kreuz abgeschickt hatte, war er allerbester Laune. John und ich beschlossen den Tag rollschuhlaufenderweise, auf den Planken entlang des Strandes. Schwer zu sagen, was am verrücktesten war: dass mein Vater ein wahnwitziges Vermögen gewonnen oder dass er sich mir nichts, dir nichts davon getrennt hatte. Er war vergnügt, genoss es, am Arm der hinreißend schönen Manon spazieren zu gehen. Hingebungsvoll erzählte er uns kleine Geschichten, erfand neue Episoden aus dem Leben Talleyrands, tat kund, demnächst mit mir Tennis zu spielen, ohne den Holzspanner seines Schlägers abzuschrauben, um nicht die Flugbahn seiner Bälle bestimmen und sie härter schlagen zu können.

Ich war glücklich, dass er es auch wieder war und ich der Sohn eines derart unbeschwerten Menschen. Für die Spanne einer Nacht waren wir mehrfache Millionäre gewesen, wie in einem Traum; und dann hatte der Zubial sich aus freien Stücken dazu entschlossen, sein aufregendes Leben beizubehalten. Verschmitzt lächelnd gestand er mir sogar, dass sein Bankkonto keine Deckung mehr aufwies. An jenem Nachmittag war unser finanzieller Engpass unser Luxus; ich fühlte mich reich, ein Jardin zu sein.

Beim Aufräumen meines Schreibtischs ist mir wieder der gefälschte Personalausweis des Zubial in die Hände gefallen, ausgestellt auf den Namen Julien Dandieu. Bestimmt hat er ihn sich von einem Requisiteur beim Film anfertigen lassen, von einem dieser Künstler, die das Unmögliche möglich machen. Eine Adresse war darauf vermerkt; neugierig begab ich mich dorthin, ohne etwas Bestimmtes zu erwarten. Was ich herausfand, verblüfft mich noch immer, löst das Gefühl in mir aus, die widersprüchlichen Facetten meines Vaters nicht hinreichend gekannt zu haben. Aber wer kann schon einen Menschen völlig durchschauen?

Die angegebene Adresse führte mich ins 18. Arrondissement von Paris, ans Ende einer gepflasterten Sackgasse, in ein Ambiente, das einer Kulisse von Trauner ähnelte. Als ich mich im Hausflur des heruntergekommenen Gebäudes umsah, entdeckte ich einen Briefkasten, auf dem der falsche Name des Zubial stand, den er so vielen seiner Romanfiguren gegeben hat: Julien Dandieu! Einen Augenblick lang war mir, als bildete ich mir das nur ein, aber nein, das Schild wies eindeutig darauf hin, dass Monsieur Dandieu hier wohnte, im vierten Stock.

Aus irgendeinem Grund bekam ich es mit der Angst

zu tun und verzog mich schleunigst. Obwohl meine fantastische Entdeckung mich in den folgenden Tagen beschäftigte und nicht zur Ruhe kommen ließ, fasste ich mir erst eine Woche später ein Herz, diesem Helden meines Vaters beziehungsweise seinem Namensvetter einen Besuch abzustatten.

Acht Uhr abends dürfte es gewesen sein; die erleuchteten Fenster im vierten Stock zeigten an, dass jemand zu Hause war. Zaghaft bin ich die Treppe hochgestiegen, habe mich überwunden zu läuten. Die Tür ist aufgegangen, und vor mir stand mein Onkel Simon im Smoking. Wie ein Kind, das man bei einem verbotenen Spiel ertappt, hielt er die Tür fest.

»Was machst du denn hier?«, hat er mich gefragt.

»Und du? Dandieu – wer ist das?«

Darauf zu antworten schien so schwierig zu sein, dass er mich erst einmal eintreten ließ und sich ein Glas Wein einschenkte, ehe er zum Versuch einer Erklärung ansetzte. Was mich sofort stutzig machte, waren die Unmengen ausgefallener Kleidungsstücke, die auf Bügeln in dieser Zweizimmerwohnung herumhingen. Wie in einem Kostümverleih oder Theaterfundus.

Simon war der ältere Bruder des Zubial; sein Ableben vor nicht allzu langer Zeit erlaubt mir, dieses ungewöhnliche Geheimnis preiszugeben, das er mit meinem Vater teilte. Seit ihrem achten Lebensjahr vergnügten sich die beiden Brüder – der jüngste, Gabriel, war davon ausgeschlossen – damit, *Julien Dandieu zu spielen.* Dieser Rolle, die sie sich bereits als Kinder gemeinsam ausgedacht hatten, war eigen, dass sie nicht festgelegt war; gleich einem Chamäleon veränderte sich Julien Dandieu ständig. *Dandieu spielen* hieß also, sich jeweils völlig mit einer der Rollen zu identifizieren, die man in sich trägt, sich keinem ihrer Ansprüche zu verweigern, so gegensätzlich sie auch sein mögen.

Von diesem Spiel, dem sie als kleine Bengel gefrönt hatten, waren Simon und der Zubial nicht abgekommen; sie setzten es als Erwachsene fort, wobei sie ihre Verkleidungen in dieser Zweizimmerwohnung verstauten, die mein Vater klammheimlich 1959 gekauft hatte und von der außer ihnen niemand wusste. Alle ihre parallel verlaufenden Leben, deren Nebeneinander für ihre Angehörigen unzumutbar gewesen wäre, begannen und endeten hier, ob sie von kurzer Dauer waren oder sich über einen längeren Zeitraum erstreckten. Sobald sie dieses Gebäude verließen, schlüpften sie beide jeweils in eine neue Rolle.

Nach dem Tod des Zubial war Simon für sich allein weiterhin fernab der Realität dahingetrieben, indem er von Zeit zu Zeit hierher kam und in eine der Rollen aus der geheimen Kleiderkammer schlüpfte. Seine Beharrlichkeit beruhte zum einen auf dem Wunsch, immer wieder ein anderer zu sein, zum anderen auf brüderlicher Treue.

»Und wer bist du heute Abend?«, habe ich ihn verdattert gefragt.

»Arsène Lupin«, sagte er, ohne zu scherzen. »Ich werde bei einer Dame der Gesellschaft, die ich im Zug, auf der Rückreise aus der Schweiz, kennen gelernt habe, zu Abend speisen. Ich werde versuchen, sie im Verlauf des Essens zu bestehlen und ihr morgen dann ihren eigenen Schmuck oder was immer ich gefunden habe überbringen lassen, zusammen mit einem Kärtchen, das ich bereits geschrieben habe, da ...«

Mit wenigen Zeilen, auf charmant-altmodische Art, teilte er der Dame mit, dass ihre Schönheit diese Rückerstattung rechtfertige, gezeichnet *Arsène Lupin.* Eigentlich war es komisch und lächerlich zugleich, dass er sich als Fünfundfünfzigjähriger mit dem Dieb und Helden einer Kriminalromanreihe identifizierte; dennoch war ich überwältigt, bei ihm etwas von der Fantasie des Zubial wiederzufinden. Das jedenfalls war beiden Brüdern gemein – dass sie nicht bereit waren, erwachsen zu werden und mit dem Zauber ihrer Kinderzeit zu brechen.

Simon gehörte nicht der wirklichen Welt an. Während der Zubial es verstand, sich ihr zu entziehen, war er doch auch in der Lage, sich ihr wieder einzugliedern. Mein Onkel dagegen war nicht einmal ansatzweise dazu fähig; bei ihm war alles Übertreibung. Eine Verabredung, die er getroffen hatte? Die Uhrzeit war eine mehr als ungenaue Angabe; es konnte geschehen, dass er zwei Tage später bei einem zu Hause im Salon aufkreuzte und einen überschwänglich und ohne im Geringsten verlegen zu sein umarmte. Und wenn er beschloss, einen um zwei Uhr nachmittags ins Kino mitzunehmen, musste man mit ihm unterwegs sieben bis zehn Mal bei allen möglichen Leuten vorbeischauen, aus einer hirnrissigen Laune heraus oder aus irgendeinem wichtigen Grund, den er sich einredete, bis man schließlich einen dunklen Saal betrat zur letzten Vorstellung Schlag dreiundzwanzig Uhr, nachdem er vorher noch einen kümmerlichen Minister besucht, den Hund einer Anwältin, die er verehrte, ausgeführt, bei einer alten Milliardärin eine Partie Bridge gespielt, die Zentralheizung einer magersüchtigen Filmschauspielerin repariert, das eine oder andere Cremeschnittchen im Hinterzimmer eines begnadeten Schneiders vertilgt oder sich in einer wissenschaftlichen Bibliothek über die Eigenschaften eines synthetischen Harzes schlaugemacht hatte.

Einen normalen Beruf übte er nicht aus, er beschäftigte sich aber mit vielem, versuchte die Züricher Börse umzustrukturieren und ruinierte in weniger als drei Monaten seinen Auftraggeber durch das Auflegen eines als christlich deklarierten Investitionsfonds, den er fieberhaft ausgearbeitet hatte, kniete sich dann in irgendwelche überspannten Projekte, die so irreal wie widersinnig waren. Als genialer Autodidakt entwarf und konstruierte dieser wunderliche Ingenieur Maschinen, mit denen man Zauberer auf der Bühne verschwinden lassen, menschliche Skelette zum Gehen bringen, Taschenspieler über den Zuschauern schweben lassen konnte; alltägliche Verrichtungen des Normalbürgers dagegen bereiteten ihm ungeheure Schwierigkeiten. Soviel ich weiß, beherrschte er weder die Kunst, mit der Metro zu fahren, noch die, eine Busfahrkarte zu entwerten. Gesetzesvorschriften waren für ihn ebenso verschwommene Begriffe wie für seine Mutter; niemals gab er eine Einkommensteuererklärung ab, schon weil er ein Einkommen nicht für unbedingt nötig erachtete. Und obwohl er kein Vermögen besaß, war er einer der großzügigsten Menschen, die mir begegnet sind.

Als der Zubial starb, blieb Simon das einzige noch lebende Bindeglied zur Überspanntheit meines Vaters. Wegen seiner nicht zu überbietenden Absonderlichkeit, seiner Noblesse par excellence, über die man gelegentlich nur den Kopf schütteln konnte, liebte ich ihn zärtlich. Um so trauriger, ohne mir dies jedoch zu sehr anmerken zu lassen, war ich, als er seinerseits 1995 verschied. Bei seiner Beerdigung hatte ich das Gefühl, mich von einer ganz besonderen Spezies Mensch zu verabschieden. Simon war der letzte echte Jardin; er allein gehörte noch diesem Club realitätsferner Dinosaurier an.

Meine Großmutter dämmerte bereits in ihren eigenen Erinnerungen dahin, obwohl sie uns noch ein Jahr lang glauben machte, sie befinde sich weiterhin unter uns. Seither geistert das Schreckgespenst der Normalität in unserer Familie und auch in meinem eigenen Leben herum. Gelegentlich frage ich mich, ob meine Reaktion auf die chronischen Exzesse des Zubial nicht zu harsch war, ob die Angst, die sich nach seinem Tode meiner bemächtigte, mich nicht allzu abgesicherte Pfade hat einschlagen lassen. Habe ich mein jardinsches Blut verleugnet? Andererseits: Wie kann ich der Sohn des Zubial sein, ohne jung zu sterben?

Nachdem Simon von uns gegangen war, landete der Schlüssel zur Wohnung von Julien Dandieu bei mir. Dutzende von Zubials Kostümen habe ich dort vorgefunden. Werde ich mir eines Tages ein Herz fassen und diese Fracks wieder zur Geltung bringen, diese Gutsbesitzerkleidung, diese Staffage eines Dandys, eines Motorradfahrers, eines Priesters, eines Marineoffiziers? In die Rollen schlüpfen, die diese Kleider vorgeben? Der zuständigen Concierge habe ich mich als Sohn von Monsieur Dandieu vorgestellt. So nennt sie mich auch, wenn wir uns begegnen; mich von diesem Schlupfwinkel zu trennen, habe ich nicht über mich gebracht. Aus irgendeinem Grund, hinter den ich noch nicht gekommen bin, ist als rechtmäßiger Eigentümer Julien Dandieu eingetragen, den es nie gegeben hat. Durch diese Rollenbeschränkung ist die Wohnung somit dem Gesetz nach unveräußerlich. Hin und wieder ziehe ich mich dorthin zurück, um ungestört zu schreiben. Der Blick auf das unter mir liegende Paris ist atemberaubend. Das jardinsche Erbe ist zweifelsohne eine verzwickte Angelegenheit ...

Warum bin ich, der ich eine solche Kindheit genossen habe, nicht verrückt geworden? Durch mein Zusammensein mit dem Zubial hätte ich mich sehr wohl ein für alle Mal gegen die Zwänge des Erwachsenenlebens stellen oder in die Paradiese der Chemie flüchten können, die einen den Kummer vergessen lassen, man selbst zu sein. Wohl aus der Befürchtung heraus, die Kontrolle über mich zu verlieren, habe ich niemals zu Alkohol oder Drogen gegriffen; denn ich weiß, dass ich nur bedingt realitätstüchtig bin.

Die Disziplinierung, die ich mir auferlege, soll mich davor bewahren, mich nicht wie der Zubial von meinen Gelüsten beherrschen zu lassen. Ich misstraue seinen Genen, die mich immer wieder dazu verleiten, meine drängendsten Wünsche mit der Wirklichkeit zu verwechseln. Ich weiß, dass ich mit meiner Veranlagung dazu neige, in den Menschen das zu sehen, was ich in ihnen sehen möchte. Fünfzehn Jahre an der Seite meines Vaters haben mich zur radikalen Absage an die Unannehmlichkeiten erzogen, die die Wirklichkeit beeinträchtigen. Durch seine Lebensweise hatte ich mich mit der Idee vertraut gemacht, dass man sich immer wieder überwinden kann, sich über seine Befürchtungen hinwegzusetzen, gelegentlich mit Erfolg. Ein Nachbar erwies sich als unangenehm? Dann genügten drei Schüsse aus dem Gewehr in seine Fensterläden, und das Meckern hatte ein Ende. Auf der Straße ließ sich eine reizvolle Frau blicken? Es war nicht ausgeschlossen, dass er sie binnen einer Stunde im Bett hatte und ihr Leben umkrempelte, indem er tausend glühende Wünsche auf sie projizierte.

Wie habe ich dieses nicht endende Chaos nur ertragen? Auf die Gefahr hin, unaufrichtig zu wirken, behaupte ich, dass mir das alles ganz normal erschien, zumindest bis zu meinem zwölften Lebensjahr. Gewiss doch, meine Klassenkameraden wurden von unserem grotesken Familienleben überrumpelt, aber nur die mutigsten stellten mir Fragen über die Männer meiner Mutter.

»Dieser Pierre, wer ist denn das?«

»Na ja ... Pierre eben.«

»Ist er der Liebhaber deiner Mutter? Und wer ist dann Jacques?«

»Na ja ... Jacques eben.«

Sie waren es, durch die ich mir der Absonderlichkeit meiner Sippe bewusst wurde. Aber ich betrachtete meinen Alltag als das Leben, ich würde sogar sagen, als das wirkliche Leben; und wenn auch die Affären meiner Eltern mich gelegentlich erschreckten, so war ich doch froh, ihr Sohn zu sein und nicht der von Spießern. Um nichts auf der Welt hätte ich das herrliche Durcheinander in Verdelot gegen die langweiligen Wochenenden vertauscht, die meine Freunde in ihren auf Zucht und Ordnung bedachten Familien ertragen mussten.

Außerdem war ich nicht allein in diesem Chaos. Mein jüngerer Bruder Frédéric und ich bildeten eine autonome Republik, unbehelligt von unserer älteren Schwester Barbara, die wir vergötterten, die aber unsere Mutter ein wenig von uns fern hielt. Unsere eingeschworene Allianz gab uns Halt, sicherte uns ab gegen alle Risiken. Mit Frédeéric wusste ich mich gefeit gegen die stärksten Stürme; und die brachen tatsächlich los, aus heiterem Himmel ... Ging es mal wieder in der Familie drunter und drüber, nahmen wir es wortlos hin, schon in dem Bewusstsein, dass der Beistand des anderen eine ausgemachte Sache war, ein für alle Mal.

Auch meine Mutter rettete mich vor den Erdbeben, die auszulösen sie jeden Tag ihren Teil beitrug; durchaus möglich, dass dies eine ihrer liebenswürdigsten Widersprüchlichkeiten ist. Sie war die Frau des Zubial, mit aller Exzentrik, die dies bedingte, und gleichzeitig ließ sie mir eine doch recht gründliche Ausbildung zukommen. Ihr Ansporn und ihre Bewunderung dienten mir als Netz.

Sie, die einem höchst unkatholischen Liebesleben frönte, schickte mich für lange Zeit auf ein sittenstrenges Gymnasium, in dem man auf überaus christliche Tugenden bedacht war. Sehr verwirrend für mich. Wagte ich einmal, ein schlechtes Zeugnis nach Hause zu bringen, dann fragte sie mich völlig am Boden zerstört, was denn los sei, und in einem Ton, der anklingen ließ, dass ich ernstlich krank sein müsse oder mich irgendetwas bedrücke. Tiefer beschämt als wenn sie mir Vorwürfe gemacht hätte, gab ich ihr ab sofort keinen Anlass mehr, sich Sorgen um mich zu machen.

Sich selbst gönnte sie ein ausschweifendes Leben, während wir an die Kandare genommen wurden. Hatten wir Mittwoch ein paar Stunden frei? Dann hieß es für meinen Bruder und mich, perfekte Judoka zu werden, Tennis und Fußballspieler, Bogenschützen, Langstreckenläufer, Schwimmer, Kugelstoßer. Meine Kindheit war ein einziger sportlicher Wettkampf. Kam ich in die Nähe eines Gewässers, wurde mir sofort Segelunterricht verpasst. Schneite es ein paar Flocken, packte ich unverzüglich meine Sachen und fuhr in einen Wintersportort, wo ich acht Stunden täglich Ski und anschließend Schlittschuh laufen musste, bis zur totalen Erschöpfung. Ein Reitclub wurde in unserer Nähe eröffnet? Ab jetzt stand zusätzlich Reitunterricht auf dem Stundenplan. Alles, einfach alles, was dazu diente, unseren Charakter zu formen und unsere Muskeln zu stählen, musste unbarmherzig betrieben werden. Ihre Liebhaber wurden damit betraut, das Programm in die Tat umzusetzen. Der eine brachte mir sonntagmorgens, in aller Herrgottsfrühe, Tennis bei, der andere fuhr mich mittwochs in den Reitclub.

Der Zubial beobachtete staunend dieses Treiben. Sport war für ihn ein exotischer Zeitvertreib, den Engländern oder schweren Asthmatikern vorbehalten. Mit einem Ball zu dribbeln oder Badminton zu spielen war für ihn so reizlos wie Homosexualität.

Möglicherweise bewahrte mich meine Mutter auch vor übereilten Kurzschlusshandlungen, indem sie mir stets mit größter Aufmerksamkeit zuhörte. Bis zu dem Tag, da der Zubial starb, habe ich mich, wenn ich einmal nicht mehr weiter wusste, nie im Stich gelassen gefühlt; ich habe ihr zwar nicht meinen Kummer anvertraut, weil ich es unzumutbar fand, sie damit zu behelligen, aber unser ansonsten inniges Verhältnis wärmte mir das Herz. Sie schien besessen davon zu sein, mir die Kraft zu geben, die Verunsicherung zu überkommen, die sie mir durch ihren Lebensstil einjagte. Sie tat mir weh, und gleichzeitig brachte sie mir bei, mich zu behaupten, mich der Situation zu stellen. Wenn sie mich auch mit ihrer Fraulichkeit, wie sie sie für sich verstand, erschütterte, war sie doch Mutter genug, mir ein Rückgrat einzupflanzen, das mir erlaubte, den Schlag abzufangen.

Was jedoch meines Erachtens entscheidend war für mein Stehvermögen, war ... der Tod des Zubial, durch den ich die wirkliche Welt kennen und verabscheuen lernte. Welch ein Gewaltakt! Aber meine Verzweiflung war meine Chance.

Unter seinen Augen groß zu werden hätte mich dazu verdammt, ein Sohn zu bleiben, das weiß ich. Oder auf Abwege zu geraten. Wenn die akrobatischen Kunststücke meines Vaters sich noch länger hingezogen hätten, wäre zu guter Letzt ein gebannter Zuschauer aus mir geworden, ein pathetischer Zauderer, sein Nachahmer oder sein heftigster Widersacher. Vielleicht hätte ich mir sogar wie mein Bruder Emmanuel eine Kugel in den Kopf gejagt, aus Frust, nur ich zu sein. So aber hat mir der Zubial Platz gemacht.

Mit fünfzehn stand es mir frei, zum einzigen Mittel gegen die Verwirrung zu greifen, die er in meinem Verstand angerichtet hatte, zum einzigen Gegengift, das mich von meinem Kummer zu befreien vermochte, weniger lebendig als er zu sein: die Schriftstellerei.

Unter meiner Feder lasse ich Situationen erstehen, die er *in vivo* zu inszenieren verstanden hätte. Für die Länge eines Romans bediene ich mich der Farben, die mein Dasein verklärten, als er noch an meiner Seite lachte. Mit zweiunddreißig Jahren entschädige ich mich mit meiner Schreiberei noch immer dafür, ohne ihn leben zu müssen.

In dem Maße jedoch, in dem mir das bewusst wird, scheint diese Schreibbesessenheit von mir zu weichen, sodass meine Feder mich vielleicht schon bald eine andere Richtung einschlagen lässt. Es gibt so viele Möglichkeiten, Schriftsteller zu sein ...

»Mein Junge, vergiss nicht, dass wir vor allem Liebhaber sind«, flüstert er mir durchs Telefon zu.

Ich bin fünfzehn. Der Zubial ist verliebt, diesmal in meine Mutter. Metastasen haben seinen Körper aufgedunsen, seine Abwehrkräfte erlahmen. Ich darf nicht zu ihm, weil ich stark vergrippt bin; wenn er sich ansteckt, könnte das für seinen geschwächten Organismus schwerwiegende Folgen haben. Immerhin sind wir in derselben Wohnung, getrennt durch eine dünne Wand, und telefonieren miteinander. Er schwärmt von meiner Mutter, die ihm einen Vorgeschmack von der Ewigkeit gebe, die ihn geheiratet habe, um seine Mätresse zu bleiben.

Maman ist in meinem Zimmer, sortiert meine Kleidung aus. Ich bedeute ihr näher zu kommen und reiche ihr den Hörer; damals besaßen die Apparate ein Zusatzteil, das das Mithören gestattete. Sie lauscht also diesem fröhlichen Todkranken, der mir seine Gefühle für die leibhaftig neben mir stehende Frau schildert, seine Verwirrung darüber, sie noch immer so zu sehen wie am ersten Tag. Er spricht von ihr als seinem guten Stern, seiner Hoffnung. Sie ist sein Amerika, das er niemals zu entdecken aufhören wird. Er vertraut mir an, dass er davon träumt, eines Tages die Wahrheit über dieses kleine

Mädchen von dreiundvierzig Jahren herauszufinden, dass es ihn drängt, sie ununterbrochen zu idealisieren und sie gleichzeitig als die zu lieben, die sie wirklich ist. Dann sagt er, er dichte meiner Mutter keine Eigenschaften an, die sie nicht besitze, beileibe nicht, er vermute nur weitere, weniger ins Auge springende, weil sie ganz intuitiv stets das Richtige tut.

Und ich sehe, dass meine Maman zu weinen anfängt, weil sie Zeugin dieser leidenschaftlichen Beichte eines Vaters seinem Sohn gegenüber wird. Welch ein ergreifender Moment; ein unsagbares Glücksgefühl durchströmt mich. Dass die Vorsehung mich ein Mal im Leben zum Bindeglied zwischen diesen beiden Liebenden auserkoren hat, bleibt mir eine unauslöschliche Freude.

Somit habe ich mit fünfzehn die Erfahrung gemacht, dass von der gelebten Liebe zu sprechen noch schöner ist, als sie sich auszumalen. Dass sich eine Frau erträumen eine Form der Huldigung dessen sein kann, wie sie wirklich ist. Dass es mir zur Ehre gereicht, nicht Ehemann, sondern Liebhaber zu sein. Dass es, um zu sich selbst zu finden, kein besseres Mittel gibt als zuzuhören, was die Frauen uns sagen, so als würden sie mit ihrer Kritik darüber wachen, dass wir uns nicht verlieren. Ich lerne, dass ihre Ansprüche unsere Wegweiser sind. Dass lieben die einzige Tätigkeit ist, die uns über uns selbst hinauswachsen lässt.

Diese Gewissheit, die mich leitet, habe ich von dem Mann, der zweifelsohne einer der umwerfendsten Liebhaber dieses Jahrhunderts war. Wenn ich sein Sohn bin, dann vielleicht weniger aufgrund der Gene als vielmehr dem Herzen nach. Was, wie mir scheint, bedeutet, dass, ausgehend von einer solchen Vererbungslehre, eigentlich jeder ein Sohn des Zubial werden kann.

Juli 1980. Der Zubial liegt im Sterben, was aber niemand wahrhaben will. Sein Körper ist übersät mit taubengroßen Metastasen, und noch immer lacht er. Seine umwerfende Vitalität streut uns Sand in die Augen, uns, die wir nicht sehen wollen. Ist er gelegentlich müde? Als er noch gesund und munter war, hat er uns derart oft den eingebildeten Kranken vorgespielt, dass wir auch jetzt nur darüber lächeln können.

Ungeachtet ihrer eigenen Besorgnis hat meine Mutter beschlossen, mich in die Ferien zu schicken, in die südlichen Alpen, wo ich klettern lerne. Wenn mich hin und wieder ein Schwindelgefühl überkommt, dann nicht, weil ich kurz davor stehe, in den tiefsten Abgrund des Lebens zu stürzen, sondern weil die Berge, die ich erklimme, so steil sind.

Natürlich bin ich verliebt, über beide Ohren. In ein Mädchen? Nein, in einen hinreißenden Körper, den einer Studentin, deren Kurven mir den Atem rauben. Sie ist Holländerin; ich entwickle ein lebhaftes Interesse für die Niederlande. Jeden Abend schlüpfe ich, ohne dass unsere Bergführer das mitbekommen, in ihr Zelt und finde es wunderbar, nicht homosexuell zu sein. Je mehr ich mich an ihrer Haut delektiere, desto mehr verliebe ich mich in den Verstand, den ich ihr unterstelle; drei Tage dieser Kur überzeugen mich, dass ich endlich die Frau gefunden habe, die meinen Namen tragen soll.

Wie bei mir üblich, schmiede ich sofort Pläne, sie unmittelbar nach Beendigung unserer alpinistischen Ausbildung mitzunehmen und an mich zu ketten. Meine fünfzehn Jahre sind für mich kein Hindernis; ihre achtzehn gestatten ihr, mich uneingeschränkt zu lieben. Die Zukunft meines Herzens scheint gesichert. Es dauert nicht lange, und schon unterbreite ich ihr meine Absicht, ihr binnen kurzem unzählige Kinderchen zu machen.

Aus mir unerklärlichen Gründen war ich – damals selbst noch ein Kind – versessen darauf, mich zu reproduzieren. Unbewusst allerdings. Und ich umgarnte meine Liebesgespielinnen mit so vielen Schmeicheleien, dass sie kein Verlangen danach hatten, mich zur Vernunft zu bringen, selbst wenn sie mehr Vorsicht walten ließen als ich, Gott sei Dank.

Wir kampierten im hohen Gras, als ein Unwetter uns zwang, uns für zwei Tage in einem Heuschober zu verkriechen. Und was ging da in meinem Hirn vor? Mich überkam mit einem Mal das zwanghafte Bedürfnis, dem Zubial zu schreiben, um ihm zu sagen, wie stolz es mich machte, sein Sohn zu sein, und wie ich mein Leben in den nächsten fünfzig Jahren zu gestalten beabsichtigte. Da ich in unserer Notunterkunft keinen Tisch zur Verfügung hatte, habe ich mich an den Rücken meiner Mätresse gelehnt, um diesen überspannten Brief zu verfassen, den ich auf die Seiten eines kleinen roten Spiralhefts kritzelte.

Mit einer Hast, die mir heute seltsam erscheint, habe ich ihm dargelegt, wie ich meine von ihm ererbten Fähigkeiten umsetzen wollte, mit einer Weitsicht, die sich bis heute bewahrheitet hat. Mehr möchte ich nicht sagen; der Inhalt dieses prophetischen wie unsäglich naiven Textes betrifft nur uns beide. Jedenfalls habe ich ihm fieberhaft die Stationen meiner künftigen Biografie aufgezeichnet, mein Stift sauste nur so dahin, wie getrieben von dem urplötzlichen Wunsch, den Zubial über das weitere Schicksal seines Blutes zu beruhigen.

Dennoch, ich sage es nochmals, verschwendete ich keinen Gedanken an seinen baldigen Tod. Nicht einen Moment lang hatte ich das Gefühl, ihm eine letzte Nachricht zukommen zu lassen. Meine Liebesgeschichte machte mich sogar optimistisch, was Sinnenlust häufig genug bewirkt. Und sich beim Schreiben an den Rücken der Frau zu lehnen, die man anzubeten meint, ist ja auch in der Tat keine Beschäftigung, die mit Trübsal einhergeht.

Mein Brief erreichte ihn noch rechtzeitig. Der Zubial las ihn und trommelte sofort seine engsten Freunde zusammen, um ihnen den Inhalt zur Kenntnis zu bringen. Bei meiner Rückkehr, am Arm der doch sehr provisorischen Frau meines Lebens, wollte er sofort mit mir darüber sprechen, was sich jedoch nicht einrichten ließ: Ich musste umgehend zurück in die Schweiz. Vom Fahrstuhl aus trieb man mich zur Eile an; wir erwischten mit Müh und Not den Zug nach Vevey. Mein Vater besaß noch die Geistesgegenwart, mir von seinem Krankenlager aus zuzurufen:

»Alexandre, mach das, aber nur, wenn du wirklich daran glaubst.«

Sein Blick drückte mir sein Vertrauen aus.

Ich verließ sein Zimmer, um ihn niemals wiederzusehen. Acht Tage später wurde der Zubial am Ufer des Genfer Sees begraben, mit meinem kleinen roten Notizbuch auf dem Herzen. Meine Worte begleiteten ihn ins Jenseits; sie wärmen ihn noch immer. Und dann begann der lange Weg bis zu diesem Buch hin, die schmerzlichen Jahre, in denen ich darum kämpfte, mich damit abzufinden, dass er von uns gegangen ist. Habe ich es geschafft? Manchmal scheint mir, dass, sollte ich mich gefangen haben, die Trauer des Sohnes meine Genesung überdauert.

Paris, 24. Mai 1997

Papa,

siebzehn Jahre lang habe ich mir einzureden versucht, nicht Dein Sohn zu sein, dass Dein Blut nicht in meinen Adern fließt. Ich habe alles Mögliche unternommen, in mir die Impulse und die Begeisterungsfähigkeit zu unterdrücken, die uns gemein waren; sobald ich spürte, dass Dein Saft aufs Neue in mir aufsprudelte, habe ich meinen übermächtigsten Wünschen entsagt, diesem Purzelbäume schlagenden Geist, der Deiner war und mit dem ich auf Kriegsfuß stand. Unaufhörlich habe ich meine Fantasie erstickt, selbst auf die Gefahr hin, sie vollends abzutöten. Mit aller Gewalt habe ich mir versagt, ein Jardin zu sein, ich habe versucht, ein anderer zu werden, mich von diesem Übermaß an Verrücktheit, das Du mir vermacht hast, zu befreien.

Meine Romane waren in dem Maße unbeschwert und fröhlich und frei, wie mein Dasein leer war. Meinem überschäumenden Temperament nachzugeben jagte mir so viel Angst ein, dass ich mir eine zweite Natur zugelegt habe, die geprägt war von Starrsinn, als Absage an die so gottvolle Spontaneität. Nicht Du sein war die Maxime, die mich leitete; langsam, aber sicher habe ich mich entzubialisiert. Kurz nach Deinem letzten Atemzug hatte mein Körper sogar vergessen, wie gern er tanzte; er erinnert sich kaum noch daran. Sehr rasch habe ich mir angewöhnt, mich nach Einbruch der Dämmerung zu verkriechen, das nächtliche Paris zu meiden, in dem Du die Rollen spieltest, die Du Dir zugewiesen hattest und die Du dann bei dem, was Du schriebst, wieder verwertetest. Ich habe nein gesagt zu allem, was mich die Kontrolle über mich hätte verlieren lassen können.

Seit zwanzig Jahren war ich beseelt von dem Wunsch zu heiraten, in der abwegigen Hoffnung, auf diese Weise meiner Triebhaftigkeit einen Riegel vorzuschieben, mein heißblütiges Naturell, das nach stürmischen Liebschaften giert, zu zügeln. Aus Bestürzung darüber, Deine Gene in mir zu wissen, schrieb ich monogamietrunkene Romane, schwang mich auf zum Apostel der unverbrüchlichen Treue; aber selbst dieser Wahnwitz war geprägt von meiner Abstammung. Wie ein Verrückter habe ich darum gekämpft, dass unser Name zum Symbol für etwas anderes wird als für Deine Hemmungslosigkeit.

Ich habe ehrlich geglaubt, ich zu sein setze eine Absage an die jardinschen Hirngespinste voraus, ein regelmäßiges Auspumpen meines Unterbewusstseins, um mich vor der Versuchung zu bewahren, ebenso bedingungslos frei zu sein wie Du. Nicht von ungefähr sah ich Dich als infantiles Kind an, als nicht zur Verantwortung zu ziehenden Charmeur, dem nicht gegeben war, einfach er selbst zu sein, als einen umtriebigen Geist, der hätte lernen sollen, sich ein wenig mehr zu lieben und auf die Krücken der trickreichen Verführung zu verzichten – kurzum als Kandidaten schlechthin für einen unerbittlichen Psychiater.

Schritt für Schritt erwarb ich mir Eigenständigkeit und merkte, dass ich gut daran tat, einen anderen Weg als Du einzuschlagen. Ich war glücklich, mit jedem Tag meine Frau besser zu verstehen, versuchte mich ihr offen mitzuteilen; wir lernten, die letzten Fallstricke unserer Liebe auszumerzen. Ganz allmählich gelang es mir, in den zarten Banden, die mich erbeben lassen, weniger zu leiden und die zu festigen, die mir zu entgleiten drohen.

Und jetzt ... erstehst Du wieder, mein guter Zubial, in diesem Buch und in mir. Als hätte ich lange Zeit im Verborgenen existiert, komme ich mir vor. Endlich trennt uns Dein Tod nicht länger. Es gefällt mir, wieder Dein Sohn zu sein. Schon spüre ich den Kitzel, mich auszutoben, alle Risiken auf mich zu nehmen, vor keinem wie auch immer gearteten Temperamentsausbruch zurückzuscheuen.

Dieses große Erwachen verdanke ich zweifelsohne meiner Frau, die ich anfangs als Damm gegen meinen Ingrimm angesehen habe und die beharrlich diese Rolle ablehnte, weil sie ihr nicht entsprach und sie verletzte. Unablässig hat sie sich bemüht, mich aufzutauen; so sehr liebte sie den, der ich nicht zu sein wagte, so sehr war ihr daran gelegen, dass ich die Angst abschüttle, Du zu sein. Sie war es übrigens auch, die den Anstoß zu diesem Buch gab und mir dadurch half, mich freizuschreiben; es ist eine ihrer Stärken – und nicht die geringste –, mich zur Aufrichtigkeit zu bewegen.

Ich spüre den Wunsch in mir aufflackern, mit ihr den Schildern mit dem Hinweis *Andere Richtungen* zu folgen. Das Schicksal herauszufordern, es unaufhörlich anzustacheln, lässt mir das Wasser im Munde zusammenlaufen.

Ich bin wieder versessen darauf, meine Wahrheit zu erzählen, von meinen hübschen kleinen Lügengeschichten abzulassen, die mir weniger bedeuten als das unbändige Vergnügen, wirklich ich zu sein. Neulich, bei einem Abendessen bei Freunden, konnte ich der Versuchung nicht widerstehen zuzugeben, dass ich niemals die Ansichten meiner Romangestalten geteilt habe. Als daraufhin betretenes Schweigen am Tisch eintrat, habe ich hinzugefügt, dass ich ihnen ihre Liebesschwelgereien ja gern abgenommen hätte, dass mir das jedoch nicht gelungen sei und dass ich schreibend versuchte, meine eigenen Lügen für bare Münze zu nehmen. Im Grunde unterschiede ich mich in nichts von anderen: Je mehr ich meine Ideen untermauerte, desto unerträglicher würden meine Zweifel. Hat mir richtig gut getan, die Maske fallen zu lassen. Wie berauschend, man selbst zu sein! Und die anderen unwillkürlich auf den Geschmack zu bringen, es auch zu sein!

In mir braut sich wieder diese Lust zusammen, die mich mit jedem Tag mehr drängt, ein Wagnis einzugehen. Gefällt mir eine Frau? Ich übe mich nicht länger in Zurückhaltung, bin nicht mehr so feige, einen Bogen um sie zu machen. Sofort umgarne ich sie, selbst auf die Gefahr hin, mich in sie zu verlieben und mein Leben in einen Scherbenhaufen zu verwandeln – wo ich doch so viel zu verlieren habe: die fordernde, aufmerksame, wundervolle Liebe meiner Frau – und was für einer Frau! –, das Glück meiner Kinder und das Abenteuer Ehe, das mich immer wieder überwältigt.

Sollte man diese Rückkehr zu Deinen Gewohnheiten als Regression ins Jünglingsalter ansehen? Viel eher meine ich, dass ich vorher wie ein pubertierender Knabe reagiert habe, als ich mir ein Verhalten auferlegte, das in krassem Gegensatz zu Deinem stand, als ich mich der Vielfältigkeit meines Charakters verweigerte, statt sie dadurch, dass ich sie wie Du zum Ausdruck brachte, lieben zu lernen. Du hast so Recht gehabt, entsetzt darüber zu sein, dass viele so tun, als gäbe es noch großmächtige Leute über ihnen, und sie abzukanzeln und in die Ecke zu stellen.

»Da ist kein Erwachsener mehr, der auf uns aufpasst, nutzen wir es aus!«, hast Du so oft gesagt.

Du hattest Recht. Nutzen wir es aus! Um auf Teufel komm raus zu lieben, um Revolutionen anzuzetteln, Filme zu drehen, zu streiken, wenn es denn sein muss, oder um neue Verfassungen festzuschreiben, um das, was ist, schöner zu machen und unsere Schleusen der Zärtlichkeit zu öffnen, ohne uns davor zu fürchten, uns Emotionen auszusetzen, die gefährlich werden könnten. Ja, Du hattest Recht, auf Deine Angst zu pfeifen, ohne Unterlass Deine Grenzen und die anderer zu sprengen; ist doch das Talent, ein buntes und turbulentes Leben zu führen, vielleicht das seltenste. Die Anwesenheit Deiner Frauen, Deine eigene eingeschlossen, in der Kirche Sainte-Clotilde hat das deutlich genug bestätigt. Sie alle wussten, wie demütigend Besonnenheit ist.

Natürlich wird jetzt die große Zahl der Verschreckten ihre Engstirnigkeit rechtfertigen, indem sie Deinen Egoismus anprangert und Deinen tatsächlich oft unverzeihlichen Leichtsinn brandmarkt; aber selbst wenn ich Deinetwegen gelitten habe, danke ich Dir, dass Du gewagt hast, ein Zubial zu sein, dass Du mir gezeigt hast, dass lieben heroisch sein kann, dass sich mitten im 20. Jahrhundert ein Petit Trianon errichten lässt und dass, wenn man nur intensiv genug lebt, es durchaus möglich ist, dass die Roulettekugel auf der gesetzten Zahl stehen bleibt, selbst wenn man sich gleich darauf wieder seines Gewinns entledigt, aus Spaß an der Freude, um weiterhin der Gefahr ins Auge zu sehen. Danke, dass Du mich auf den Geschmack gebracht hast, mich auf den Wellenkämmen zu halten.

Papa, mein geliebter Papa, Dir verdanke ich das Wissen, dass die Bankiers immer Unrecht haben, dass Versicherungsagenten von unseren niedrigsten Instinkten profitieren, dass nur Existenzrisiken uns auf uns selbst besinnen lassen. Geleitet vom Beispiel Deiner Schandtaten, werde ich es schaffen, mich den meinen auszusetzen, ohne zu befürchten, vom Blitzschlag getroffen zu werden. Heute endlich besinne ich mich auf die Fröhlichkeit und Lebensgier, die mich mit vierzehn in seelische Bedrängnis gebracht haben. Gewiss, glücklich darüber, geboren zu sein, warst Du nicht; dennoch vermochte Deine chronische unterschwellige Verzweiflung letztlich nichts gegen Deinen ansteckenden Übermut auszurichten. Du glaubtest nicht an immer währende Begeisterungsfähigkeit, ließest aber nicht zu, dass die Deine nachließ. Dein Verhalten strafte Deinen Pessimismus Lügen, so als hättest Du es als ungehörig und Deiner nicht würdig empfunden, Dich mit den uns eigenen Unzulänglichkeiten abzufinden.

Mit zweiunddreißig Jahren finde ich zu Dir, Papa, meinem jungen Papa, zurück, Du wirst in mir wach, schwingst Dich unter meiner Feder auf zum ewigen Hochseilartisten. Ich spüre, wie Deine Augen durch meine blicken, dass Dein Herz in meiner Brust schlägt; Deine Lebenslust zieht mich ins Land der Zubials, dorthin, wo Angst nicht länger lähmend ist, dorthin, wo alles möglich ist, erst recht das Unmögliche. Ich merke, dass ich auf dem Weg bin zu Deiner paradoxen Weisheit, unwiderstehlich in Dein Fahrwasser gedrängt werde, magnetisch angezogen von Deiner unbequemen Moral, davon, in welch einzigartiger Weise Du Mann warst. Fragt sich nur, was für eine Art Zubial aus mir wird. Wird es mir gelingen, meine Mauser zu bewältigen, ohne die zu verschrecken, die ich liebe, indem ich sie an dem ungeheuren Lebenshunger, der in mir hochsteigt, teilhaben lasse? Werde ich die Energie aufbringen, alle Facetten meines Ichs zu ergründen?

Diese Zeilen sind die letzten, die ich über Dich schreibe, und schon scheue ich davor zurück, dieses Buch zu beenden, das ich seit meinem fünfzehnten Lebensjahr vor mir herschiebe. Jetzt, da ich kurz davor stehe, Dich abermals zu verlassen, drängt sich mir im Herzen, weit mehr als meinem Gedächtnis, eine letzte Erinnerung auf.

Sie liegt zwanzig Jahre zurück. Wir gingen einen Strand in der Normandie entlang. Du erzähltest mir aus Deinem turbulenten Leben. In kurzem Abstand, in Begleitung einer Freundin, folgte Maman unserem Gelächter. Ich spürte ihren Blick auf uns ruhen; und ganz bewusst habe ich Deinen Gang nachgeahmt, wie Du die Hände im Rücken verschränkt. In diesem Augenblick war ich unglaublich Du. Ich habe mich umgedreht. Maman hat mir zugelächelt; ihre Augen verrieten mir, dass ihr unsere Ähnlichkeit nicht entgangen war. Du hingegen, als Du ihren Blick auffingst, hast bemerkt, dass ich an besagtem Vormittag hoffnungslos Dein Sohn war. Gerührt hast Du mich angesehen; ein Wort, ein einziges nur, hätte die Schönheit dieses Schweigens beeinträchtigt. Damals, unter dem Himmel der Normandie, warst Du nicht mehr der Zubial, sondern wirklich mein Vater. Und ich habe mir gesagt, dass, sollte es mir eines Tages gelingen, mich so zu lieben, wie ich Dich liebte, es wunderschön werden würde.

Dein Sohn
Alexandre

Arsène Lupin; Einbrecher, Dieb und doch ein Gentleman, der Gewalt verabscheute; Hauptfigur der zwölf Kriminalromane von Maurice Leblanc (1864-1941).

d'Artagnan; Romanheld aus Alexandre Dumas' Mantel-und-Degen-Roman Die drei Musketiere (1844).

Barras, Paul François (1755–1829); französischer Politiker, Jakobiner, stimmte im Verlauf der Französischen Revolution für die Hinrichtung des Königs, später am Sturz Robespierres und am Aufstieg Napoleons beteiligt.

Brel, Jacques (1929-1978); Chansonnier, dessen Liedtexte in Frankreich auch als Gedichte anerkannt sind.

Broca, Philippe de; Regisseur zahlreicher Abenteuerfilme mit Jean-Paul Belmondo in den sechziger Jahren, u.a. »Cartouche, der Bandit« und »Abenteuer in Rio«.

Chateaubriand, François René Vicomte de (1768–1848); französischer Schriftsteller der Frühromantik, während der Revolution emigriert – seine »Memoires d'outre-tombe« (1848) zelebrieren die Fiktion, dem Wirken des eigenen Ichs von jenseits des Grabes zuzuschauen.

Déat, Marcel (1894-1955); französischer Politiker, anfänglich Sozialist und Pazifist, im Zweiten Weltkrieg dann Kollaborateur, organisierte für die Vichy-Regierung Arbeitsdienst und Miliz, nach Kriegsende nach Italien geflohen.

Faure, Edgar; französischer Jurist und Politiker, Anklagevertreter in den Nürnberger Prozessen, Mitglied der Sozialistischen Partei,

Wirtschafts- und Finanzminister, unter de Gaulle Sonderbeauftragter.

Fouché, Joseph (1759–1820); Politiker und Polizeiminister unter Napoleon, zuvor Mitglied der Bergpartei und Organisator des Terrors von 1793. Berüchtigt für sein perfekt ausgebautes Spitzelsystem.

Haussmann, Georges Eugène (1809-1891); führte als Präfekt unter Napoleon III. die aufwändige architektonische Modernisierung von Paris durch.

Jardin, Pascal (1931-79); schrieb neben seinen über hundert Filmdrehbüchern auch Erzählungen und Erinnerungen wie »La Guerre à neuf ans« (1971) und »Le Nain Jaune« (1978).

Mercier, Michèle; Schauspielerin im französischen und italienischen Film: »Mädchenfalle« (»Donnez moi ma Chance«), »Luzifers Tochter« (»Retour de Manivelle«) 1957, »Die Liebesnächte der Lukrezia Borgia« (Le notti di Lucrezia) 1959.

Morand, Paul (1888-1976); Diplomat, Schriftsteller und leidenschaftlicher Kosmopolit, nach dem Zweiten Weltkrieg wegen seiner Zusammenarbeit mit der Vichy-Regierung teilweise im Exil, schrieb Romane, Erzählungen sowie Essays über Proust.

Pagnol, Marcel (1895-1974); französischer Schauspieldichter, dessen Dramentrilogie »Marius«, »Fanny«, »César« sowohl auf der Bühne als auf der Leinwand dank volkstümlicher humoristischer Schilderung des französischen Südens ein Riesenerfolg wurde. Seine Erinnerungen »La gloire de mon père« erschienen 1957.

Pivot, Bernard; nicht zuletzt dank seiner Fernsehsendung »Apostrophes« lange Zeit Frankreichs einflussreichster Literaturkritiker.

Sautet, Claude; Regisseur und Drehbuchautor, u.a. von »Ein Herz im Winter« (»Un cœur en hiver«).

Sokolowski, Wladimir; 1889 in Moskau geboren, nach 1933 im amerikanischen Film tätig, Mitarbeit u.a. in »Wem die Stunde schlägt« 1943, »Straße der Versuchung« 1945, »Im Geheimdienst« 1946; Filmrollen in »Liebling der Götter« 1930, »Die Dreigroschenoper« 1931.

Tintin; die Hauptfigur im Lebenswerk des belgischen Comiczeichners Hergé (Georges Rienis) »Tim und Struppi« (franz.: »Tintin et Milou«).

Trauner, Alexander; französischer Ausstatter ungarischer Herkunft; er arbeitete an René Clairs »À nous la liberté« (1931) und »Le Million« (1932) mit und erstellte die Bauten für Orson Welles' »Othello« (1951) und Billy Wilders »Love in the afternoon« (1957).

Angela Carter

WIE'S UNS GEFÄLLT

Wie's uns gefällt – so lautet das Motto von Dora und Nora, den unehelichen Töchtern von Englands größtem Shakespeare-Darsteller. Ein Motto, das Doras beschwingten Rückblick auf die 70-jährige Karriere der Zwillinge als Glamour-Girls auch für den Leser zu einem höchst amüsanten Erlebnis werden lässt.

Angela Carter erzählt mit kunstvoller Leichtigkeit, shakespearschem Elan und bisweilen derbem Humor vom Leben und Sterben einer Künstlersippe. Ein Genuss nicht nur für Shakespeare-Fans.

Nr. 92062

BLT

Mit der Welt
auf Buchfühlung